中級英語檢定模擬試題 ① 詳解

第一部份：看圖辨義

第一題到第三題，請看圖片 **A**。

1. (**C**) 誰會對這則公告最有興趣？

A. 平面設計者。
B. 有創意的作家。
C. <u>高中畢業生。</u>
D. 資深會計師。

> **Creative Design and Production Company Seeks a Full-time Junior Accounting Clerk**
>
> This Position in the Accounting Department will assist with the administration of the day-to-day operations of the accounting functions and duties.
>
> • High school graduate or equivalent.
> • Knowledge of all related computer applications - Outlook, Excel and Word.
> • At least one year of related experience.
> • Accurate and attentive to detail.
> • Excellent communication and public relations abilities.
> • Ability to assist and support others is key.
>
> Please fax your resume to 818-260-4461.
>
> Posted 07/15/2017

* creative〔krɪ'etɪv〕*adj.* 有創意的
design〔dɪ'zaɪn〕*n.* 設計
production〔prə'dʌkʃən〕*n.* 生產
seek〔sik〕*v.* 尋找　　***full-time*** *adj.* 全職的
junior〔'dʒunjɚ〕*adj.* 年輕的　　accounting〔ə'kaʊntɪŋ〕*n.* 會計
clerk〔klɝk〕*n.* 職員　　position〔pə'zɪʃən〕*n.* 工作；職位
department〔dɪ'pɑrtmənt〕*n.* 部門　　assist〔ə'sɪst〕*v.* 協助
administration〔əd,mɪnə'streʃən〕*n.* 行政；管理
day-to-day *adj.* 日常的　　operation〔,ɑpə'reʃən〕*n.* 運作
function〔'fʌŋkʃən〕*n.* 功能　　duty〔'djutɪ〕*n.* 職務
graduate〔'grædʒʊɪt〕*n.* 畢業生　　equivalent〔ɪ'kwɪvələnt〕*n.* 同等者
knowledge〔'nɑlɪdʒ〕*n.* 知識　　related〔rɪ'letɪd〕*adj.* 相關的
application〔,æplə'keʃən〕*n.* 應用　　experience〔ɪk'spɪrɪəns〕*n.* 經驗
accurate〔'ækjərɪt〕*adj.* 精確的　　attentive〔ə'tɛntɪv〕*adj.* 專注的
detail〔'ditel〕*n.* 細節　　excellent〔'ɛkslənt〕*adj.* 優異的
communication〔kə,mjunə'keʃən〕*n.* 溝通　　***public relations*** *n.* 公關
ability〔ə'bɪlətɪ〕*n.* 能力　　support〔sə'port〕*v.* 支持
key〔ki〕*adj.* 重要的；關鍵的　　fax〔fæks〕*n.* 傳真
resume〔,rɛzu'me〕*n.* 履歷　　post〔post〕*v.* 張貼
notice〔'notɪs〕*n.* 公告　　***graphic designer*** *n.* 平面設計師
senior〔'sinjɚ〕*adj.* 資深的　　accountant〔ə'kaʊntənt〕*n.* 會計師

2. (**C**) 請再看圖片 **A**。下咧那一項是這份工作的必要條件之一？

A. 大學文憑。　　　　　　　B. 三年或三年以上的經驗。
C. <u>注意細節。</u>　　　　　　　D. 具備 HTML 的相關知識。

       * requirement〔rɪ'kwaɪrmənt〕*n.* 必要條件
         diploma〔dɪ'plomə〕*n.* 畢業證書；文憑
         attention〔ə'tɛnʃən〕*n.* 留心；注意

3.(**C**) 請再看圖片 A。要如何應徵這份工作？

    A. 寄信。   B. 寄電子郵件。

    <u>C. 寄傳眞。</u>   D. 親自前往。

    * *apply for* 申請；應徵   *in person* 親自 (= *personally*)

第四題和第五題，請看圖片 B。

4.(**A**) 我們可以從這張圖表中得知什麼訊息？

    <u>A. 本田公司四個月期間的汽車粗估銷售量。</u>
    B. 2013 年本田公司的確切汽車銷售量。
    C. 去年本田公司的汽車粗估製造量。
    D. 從 2013 年一月開始，本田公司所召回的汽車總量。

    * monthly〔'mʌnθlɪ〕*adj.* 每月的   total〔'totl̩〕*adj., n.* 總計 (的)
    sedan〔sɪ'dæn〕*n.* 轎車   compact〔kəm'pækt, 'kɑmpækt〕*adj.* 小型的
    crossover〔'krɔs,ovə〕*n.* 跨界休旅車   chart〔tʃɑrt〕*n.* (圖) 表
    approximate〔ə'prɑksəmɪt〕*adj.* 大致的   period〔'pɪrɪəd〕*n.* 期間
    exact〔ɪg'zækt〕*adj.* 正確的；準確的
    manufacture〔,mænjə'fæktʃə〕*v.* 製造   recall〔rɪ'kɔl〕*v.* 召回

5.(**B**) 請再看圖片 B。根據圖表，
    下列哪項敘述正確？

    A. 本田公司在美國的銷售量
       大幅下降。

    <u>B. 本田公司三月份賣出的車
       比四月份多。</u>

    C. 本田公司生產三種不同的車款。

    D. 本田公司是製造小型轎車廠商中的龍頭。

    * experience〔ɪk'spɪrɪəns〕*v.* 經歷   sharp〔ʃɑrp〕*adj.* 陡的；峭急的
    decline〔dɪ'klaɪn〕*n.* 衰退   model〔'mɑdl̩〕*n.* 型；款式
    leading〔'lidɪŋ〕*adj.* 主要的；領導的
    manufacturer〔,mænjə'fæktʃərə〕*n.* 製造商

第六題和第七題，請看圖片 C。

6. (**B**) 這位男士在做什麼？

  A. 他在烤蛋糕。   B. <u>他在煮湯。</u>

  C. 他在調飲料。   D. 他在切火雞。

  * bake〔bek〕*v.* 烤；烘焙（蛋糕）

   soup〔sup〕*n.* 湯 mix〔mɪks〕*v.* 混合

   carve〔kɑrv〕*v.* 切肉；把肉切成薄片 turkey〔'tɝkɪ〕*n.* 火雞

7. (**C**) 請再看圖片 C。這位男士穿著什麼？

  A. 他戴著太陽眼鏡。   B. 他穿著耐用的靴子。

  C. <u>他穿著圍裙。</u>   D. 他穿著冬天的大衣。

  * sunglasses〔'sʌn,glæsɪz〕*n.* 太陽眼鏡 ***heavy boots*** 耐用的靴子

   apron〔'eprən〕*n.* 圍裙 coat〔kot〕*n.* 外套；大衣

第八題，請看圖片 D。

8. (**B**) 這些人在做什麼？

  A. 等計程車。

  B. <u>等公車。</u>

  C. 等火車。

  D. 等電影開始。

第九題和第十題，請看圖片 E。

9. (**A**) 這個標誌最有可能設置在哪裡？

  A. <u>政府機構裡。</u>

  B. 購物中心裡。

  C. 工廠裡。

  D. 機場裡。

FIRST FLOOR	
POLICE DEPARTMENT	COURT CLERK
AUDITORIUM	PUBLIC WORKS
SECOND FLOOR	
MAYOR	PLANNING
TOWN RECORDER	CODES
ENGINEERING	MEETING 2A, 2B, 2C

  * court〔kort〕*n.* 法院 clerk〔klɝk〕*n.* 辦事員；職員

   auditorium〔,ɔdə'torɪəm〕*n.* 演講廳 mayor〔'meɚ, mɛr〕*n.* 市長

   code〔kod〕*n.* 規則；章程 engineering〔,ɛndʒə'nɪrɪŋ〕*n.* 工程

   sign〔saɪn〕*n.* 標誌；告示 located〔lo'ketɪd〕*adj.* 位於

   government〔'gʌvɚnmənt〕*n.* 政府 factory〔'fæktrɪ〕*n.* 工廠

10.(**D**) 請再看圖片 E。貝恩斯先生要和市長開會。他在哪裡可以找到市長辦公室？

        A. 警察局旁邊。   B. 過演講廳的轉角處。

        C. 在一樓。   D. <u>在二樓。</u>

        * corner〔ˋkɔrnɚ〕*n.* 轉角處   floor〔flor〕*n.* 地板；樓層

第十一題和第十二題，請看圖片 F。

11.(**C**) 傑克背後的牆上有什麼？

        A. 台灣地圖。

        B. 視力檢查表。

        C. <u>醫療設備。</u>

        D. 書架。

        * *eye chart* 視力檢查表   *medical equipment* 醫療設備

12.(**B**) 請再看圖片 F。戈林鮑姆醫生可能跟傑克說了什麼？

        A. 謝謝你的禮物。   B. <u>你需要戒菸。</u>

        C. 引擎沒有任何問題。   D. 我會洗碗。

        * quit〔kwɪt〕*v.* 停止（做…）   engine〔ˋɛndʒən〕*n.* 引擎

        do the dishes 洗碗

第十三題到第十五題，請看圖片 G。

13.(**A**) 這個活動的主要特色是什麼？

        A. <u>狗。</u>   B. 貓。

        C. 鳥。   D. 兔子。

        * event〔ɪˋvɛnt〕*n.* （重要的）事情；活動

        schedule〔ˋskɛdʒul〕*n.* 時間表

        trick〔trɪk〕*n.* 把戲   treat〔trit〕*n.* 美食

        sponsor〔ˋspɑnsɚ〕*v.* 贊助   biscuit〔ˋbɪskɪt〕*n.* 餅乾

        contest〔ˋkɑntɛst〕*n.* 競賽；比賽   thankful〔ˋθæŋkfəl〕*adj.* 感謝的

        paw〔pɔ〕*n.* （狗、貓等）的腳掌   howling〔ˋhaʊlɪŋ〕*adj.* 咆哮的

        demo〔ˋdɛmo〕*n.* 展示；示範   tail〔tel〕*n.* 尾巴

        wag〔wæg〕*v.* 搖擺   fashion〔ˋfæʃən〕*n.* 時尚

        pamper〔ˋpæmpɚ〕*v.* 寵愛   feature〔ˋfitʃɚ〕*n.* 特色

14. (**D**) 請再看圖片 G。哪個活動會在中午舉行？

　　　A. 最佳接吻比賽。　　　　　B. 四爪舒服示範。

　　　C. 嗥叫比賽。　　　　　　　D. 吃餅乾比賽。

15. (**B**) 請再看圖片 G。活動最有可能在何時結束？

　　　A. 下午一點左右。　　　　　B. 下午兩點左右。

　　　C. 日落的時候。　　　　　　D. 午夜的時候。

　　　* sundown〔'sʌn,daʊn〕*n.* 日落　　midnight〔'mɪd,naɪt〕*n.* 午夜

第二部份：問答

16. (**D**) 這些鞋子你可以幫我打折嗎？

　　　A. 這是我們最大的尺寸了。　　B. 所有的商品都在特價。

　　　C. 你穿起來很好看。　　　　　D. 我可以原價幫你打九折。

　　　* discount〔'dɪskaʊnt〕*n.* 折扣　　*on sale* 特價
　　　retail〔'ritel〕*n.* 零售　　*retail price* 零售價格

17. (**C**) 大衛，你看起來很開心。你考試一定考得很好。

　　　A. 我不行。它們都賣完了。

　　　B. 我應該這麼做的。那會很好玩的。

　　　C. 沒錯。我考了全班最高分。

　　　D. 我會的。下次見。

　　　* pleased〔plizd〕*adj.* 高興的　　score〔skor〕*v.* 得分
　　　sell out 賣光　　grade〔gred〕*n.* 成績

18. (**A**) 你很擅長籃球和數學。你比較喜歡哪一個？

　　　A. 籃球比較好玩。　　　　　B. 這個問題非常難。

　　　C. 我會喜歡的。　　　　　　D. 然而我數學很好。

　　　* *be good at* 擅長於

19. (**C**) 辛蒂昨天晚上從派對開車回家的嗎？

　　　A. 是的，他們是。　　　　　B. 沒有，他們不是。

　　　C. 是的，她是。　　　　　　D. 沒有，她不是。

20. (**D**) 你有辦過健身房的會員嗎？

　　A. 一次一個。　　　　　　B. 這主意不錯。
　　C. 我跑跑步機。　　　　　　D. 我有辦過幾次。

　　* membership〔ˈmɛmbɚˌʃɪp〕*n.* 會員資格
　　　gym〔dʒɪm〕*n.* 體育館；健身房
　　　treadmill〔ˈtrɛdmɪl〕*n.* 跑步機

21. (**B**) 這實驗比我預期的複雜。

　　A. 別抱太大的希望。　　　　B. 希望事情可以順利。
　　C. 過去的就讓它過去吧。　　D. 機不可失。

　　* experiment〔ɪkˈspɛrəmənt〕*n.* 實驗
　　　complicated〔ˈkɑmpləˌketɪd〕*adj.* 複雜的
　　　expect〔ɪkˈspɛkt〕*v.* 預期　　***hold your breath*** 屏息；閉住呼吸
　　　hope for the best 希望一切順利　　bygones〔ˈbaɪˌɡɑnz〕*n.* 過去的事
　　　Let bygones be bygones. 過去的就讓它過去吧。
　　　now or never 現在不做就永遠沒機會了；機不可失

22. (**C**) 如果你皮夾忘在家裡，你是怎麼付晚餐錢的？

　　A. 我把皮夾忘在家裡了。　　B. 我吃晚餐了。
　　C. 我跟蘭迪借錢。　　　　　D. 我付了晚餐的錢。

　　* pay〔pe〕*v.* 支付　　　leave〔liv〕*v.* 遺留；忘記帶走
　　　wallet〔ˈwɑlɪt〕*n.* 皮夾　　borrow〔ˈbɑro〕*v.* 借入

23. (**C**) 你今天晚上會去看 101 的煙火嗎？

　　A. 還沒有。我也住在台北。
　　B. 會。我們今晚晚一點的時候會放煙火。
　　C. 不會。我從這裡就可以看到。
　　D. 不會。煙火在台北 101。

　　* firework〔ˈfaɪrˌwɝk〕*n.* 煙火　　***set off*** 燃放

24. (**A**) 我們明天安排了幾個預約？

　　A. 沒有！我們明天放假吧。
　　B. 全部。　　　　　C. 你想要多少就多少。
　　D. 是的。將會是很忙碌的一天。

* appointment〔ə'pɔɪntmənt〕*n.* 約定；預約
　schedule〔'skɛdʒul〕*v.* 將…列入時間表中；安排…
　take a day off 放假一天；請假一天

25.（**A**）這班公車是開往機場的嗎？

　　A. 你最好問司機看看。　　　　　B. 你要去哪裡？
　　C. 搭這班公車去機場。　　　　　D. 上車的時候付錢。

　　* ***had better V*** 最好… 　　***get on board*** 上（船、車等）

26.（**B**）你可以示範給我看如何用這台新印表機嗎？

　　A. 最近過的不錯。謝謝你的關心。
　　B. 非常樂意。我們開始吧。
　　C. 兩次。第一次我感冒了。
　　D. 用新的印表機。印表機已經準備好了。

　　* printer〔'prɪntɚ〕*n.* 印表機　　***with pleasure*** 樂意地
　　get started 開始

27.（**A**）為什麼那些書會在靠門旁邊的桌子上？

　　A. 湯姆會來拿走。　　　　　　　B. 史蒂夫每天在這裡吃。
　　C. 莉莎想要吃晚餐。　　　　　　D. 瑪麗有些話要告訴你。

　　* by〔baɪ〕*prep.* 在…旁邊；靠近…　　***pick up*** 開車載；拿取

28.（**A**）你晚餐有訂位嗎？

　　A. 有，訂八點。　　　　　　　　B. 五位。
　　C. 那些很好吃。　　　　　　　　D. 我辭職了。

　　* reservation〔ˌrɛzɚ'veʃən〕*n.* 預約　　***make reservations*** 訂位
　　tasty〔'testɪ〕*adj.* 美味的　　quit〔kwɪt〕*v.* 辭職

29.（**D**）你哥哥去夏威夷蜜月旅行玩得愉快嗎？
　　【問句用 Did，故回答也用 did】

　　A. 他是的。　　　　　　　　　　B. 他之前是。
　　C. 他做的。　　　　　　　　　　D. 他玩得很愉快。

　　* enjoy〔ɪn'dʒɔɪ〕*v.* 享受　　honeymoon〔'hʌnɪˌmun〕*n.* 蜜月旅行
　　Hawaii〔hə'waɪjə〕*n.* 夏威夷

30. (**C**) 這位女士說她是從哪裡來的？

    A. 她有。   B. 她可以。

    C. <u>她沒有說過。</u>   D. 她不會。

第三部份：簡短對話

31. (**A**) 女：那是你的新腳踏車嗎？

       男：是的。妳覺得怎樣？

       女：輪子超級小的。

       男：妳不覺得看起來很酷嗎？

       女：說實話，看起來像是小孩的腳踏車。

       男：那是最新的款式。你還知道其他很酷的地方嗎？它可以摺疊帶上捷運。

       女：折疊腳踏車已經流行很久了。

       男：或許吧。但對我來說很新鮮。

       問：男士覺得他的新腳踏車怎樣？

    A. <u>他覺得很酷。</u>   B. 他覺得很幼稚。

    C. 他覺得太重了。   D. 他覺得很快。

* wheel〔hwil〕*n.* 輪子   surprisingly〔sə'praɪzɪŋlɪ〕*adv.* 出乎意料地
cool〔kul〕*adj.* 酷的；極好的   honestly〔'ɑnɪstlɪ〕*adv.* 誠實地
kid〔kɪd〕*n.* 小孩   latest〔'letɪst〕*adj.* 最新的
style〔staɪl〕*n.*（流行）款式   ***fold up*** 摺疊
MRT 大眾捷運（= *Mass Rapid Transit*）
be around 遍布各地；存在   ***for ages*** 很久（= *for a long time*）
childish〔'tʃaɪldɪʃ〕*adj.* 小孩似的；幼稚的   heavy〔'hɛvɪ〕*adj.* 重的

32. (**B**) 女：諾曼，究竟發生了什麼事？你看起來好極了！

       男：吉娜，謝謝妳。我也覺得精神超好。

       女：你是怎麼做到的？

       男：我吃飯完全不攝取任何碳水化合物，還有我開始每天早上都去游泳。

       女：真讓我印象深刻。你完全變成另外一個人了。

       男：最難的就是要維持體重避免復胖。很容易依賴壞習慣。

女：我打賭你現在一定超想來片披薩吧。

男：妳不知道我現在有多想吃。

問：諾曼的話暗指什麼？

A. 他會為了一片披薩而殺了另一個人。

B. <u>他現在很想享用一片披薩。</u>

C. 他不會吃披薩來救活他自己。

D. 他還不能夠停止吃披薩。

* ***in the world*** 到底；究竟（= *on earth*）【置於疑問詞後，加強疑問詞語氣】
  fantastic〔fæn'tæstɪk〕*adj.* 極好的　　buck〔bʌk〕*n.* 美元（= *dollar*）
  ***feel like a million* (*bucks/dollars*)** 心情很好；精神很好
  carbohydrate〔ˌkɑrbo'haɪdret〕*n.* 碳水化合物
  diet〔'daɪət〕*n.* 飲食　　impressed〔ɪm'prɛst〕*adj.*（人）印象深刻的
  keep the weight off 維持體重；避免復胖
  fall back on sth. 依靠…；求助於…　　habit〔'hæbɪt〕*n.* 習慣
  bet〔bɛt〕*v.* 打賭　　***would/could kill for sth.*** 非常想要
  slice〔slaɪs〕*n.*（切）片　　imply〔ɪm'plaɪ〕*v.* 暗示
  human being 人類；人　　***at the moment*** 現在　　***be able to V*** 能夠…

33. (**A**) 女：現在停車真的開始變成問題了。我繞了十分鐘才找到車位。

男：妳停在 B 區嗎？

女：不是，在 C 區。

男：問題就在這裡。妳應該停 B 區。那裡從來不擁擠。

女：但那在校園的另外一側。我所有的課都在科學大樓上。在冷死
　　人的多天走十五分鐘？不，謝謝。

男：嚴格說起來，把車停在 C 區可以節省妳五分鐘的時間。

女：而且我還是在我溫暖的車子裡。

問：這個女生把車子停在 C 區可以節省多少時間？

A. <u>五分鐘。</u>　　　　　　　　B. 十分鐘。

C. 十五分鐘。

D. 把車子停在 C 區並沒有節省任何時間。

* circle〔'sɝkḷ〕*v.* 打轉　　spot〔spɑt〕*n.* 地點
  crowded〔'kraudɪd〕*adj.* 擁擠的　　campus〔'kæmpəs〕*n.* 校園
  technically〔'tɛknɪkḷɪ〕*adv.* 嚴格說起來　　***to boot*** 而且；另外

34. (**D**) 男：爲什麼這個包裹被退回來了？

女：如果不是收件者拒絕簽收，就是無法簽收。

男：這不可能呀。我是寄給我弟弟耶。

女：抱歉，先生，但我們所看到的就是這樣。你，我，還有包裹。

男：那我有什麼選擇？

女：你可以重新再寄一次包裹，或是碰碰你的運氣找另外一位郵差。

男：如果我重寄一次的話要再付一次錢嗎？

女：我們的制度是這樣的。

問：這位男士接下來會做什麼？

A. 他會找另一位郵差。　　　B. 他會自己送包裹。

C. 他會再寄一次包裹。　　　D. <u>無法從所提供的訊息中判斷出來。</u>

* package〔'pækɪdʒ〕*n.* 包裹　　return〔rɪ'tɜn〕*v.* 退還
recipient〔rɪ'sɪpɪənt〕*n.* 收件人　　***either A or B*** 不是…就是…
refuse〔rɪ'fjuz〕*v.* 拒絕　　***be unable to V*** 不能　　sign〔saɪn〕*v.* 簽名
option〔'ɑpʃən〕*n.* 選擇　　carrier〔'kærɪɚ〕*n.* 運送者
mail carrier 郵差　　system〔'sɪstəm〕*n.* 系統；制度
work〔wɜk〕*v.* 運作　　deliver〔dɪ'lɪvɚ〕*v.* 遞送

35. (**C**) 女：你可以推薦我一個好的烹飪網站嗎？

男：當然。妳可以上頂級廚師網站。我一向都用他們的食譜，還有看他們的示範教學影片。

女：頂級廚師是一個字嗎？

男：點 com。

女：他們有提供許多不同類型的料理嗎？

男：天底下各種餐點都有。只要妳會煮，他們就有食譜。

問：說話者主要在討論什麼？

A. 食譜。　　　　　　　　　B. 烹飪技巧。

C. <u>烹飪網站。</u>　　　　　　　D. 很難找到的食材。

* recommend〔ˌrɛkə'mɛnd〕*v.* 推薦　　cooking〔'kʊkɪŋ〕*n.* 烹飪
website〔'wɛbˌsaɪt〕*n.* 網站　　master〔'mæstɚ〕*adj.* 精通的；師傅的
chef〔ʃɛf〕*n.* 主廚　　recipe〔'rɛsəpɪ〕*n.* 食譜
demonstration〔ˌdɛmən'streʃən〕*n.* 示範
video〔'vɪdɪˌo〕*n.* 錄影；影片　　feature〔'fitʃɚ〕*v.* 以…爲特色

type〔taɪp〕*n.* 類型　　cuisine〔kwɪ'zin〕*n.* 菜餚
under the sun 世界上；天底下　　technique〔tɛk'nik〕*n.* 技巧
ingredient〔ɪn'gridɪənt〕*n.* 成分；食物的材料

36.(**B**) 男：妳要不要來我家喝杯啤酒？

女：當然好。

男：但我們必須安靜。我室友早上要工作，所以他已經在睡覺了。

女：我保證會很小聲。是為州長工作的那位室友嗎？

男：不，那是艾瑞克。強納森才是需要早起的那個。他在廢棄物管理部門上班。

女：你的意思是他是清潔隊員？

男：嗯，是的。但聽好，強納森一年賺的比我跟艾瑞克加起來還要多。這是個好工作。他很喜歡。另外，他的工作中午就結束了。

女：但他還是要晚上九點前就得上床睡覺。這不好玩。

問：關於強納森的敘述何者正確？

A. 他週末通常都睡到很晚。　　B. <u>他喜歡他的工作。</u>

C. 他賺的跟艾瑞克一樣多。　　D. 他是個淺眠的人。

* ***come up*** 來到　　beer〔bɪr〕*n.* 啤酒　　quiet〔'kwaɪət〕*adj.* 安靜的
though〔ðo〕*adv.* 不過；可是　　roommate〔'rum,met〕*n.* 室友
in bed 上床睡覺　　promise〔'prɑmɪs〕*v.* 承諾；保證
whisper〔'hwɪspɚ〕*v.* 低語　　governor〔'gʌvɚnɚ〕*n.* 州長
get up 起床　　management〔'mænɪdʒmənt〕*n.* 管理
waste management 廢棄物管理部門　　trash〔træʃ〕*n.* 廢物；垃圾
collector〔kə'lɛktɚ〕*n.* 收集者　　***trash/garbage collector*** 清潔隊員
make〔mek〕*v.* 賺得（= *earn*）　　per〔pɚ〕*prep.* 每一
combine〔kəm'baɪn〕*v.* 合併　　plus〔plʌs〕*adv.* 此外
sleep late 睡到很晚　　***light sleeper*** 淺眠的人；睡覺時容易被吵醒的人

37.(**C**) 女：郵件來了嗎？

男：還沒。妳在等什麼嗎？

女：是的。我的手機帳單現在早該要到了。

男：妳為什麼不上網查詢？

女：我查了，但它沒有顯示個別項目的收費。我想要看這個月的電話費到底為什麼這麼高。

男：打給客服部，告訴他們妳沒有收到帳單。請他們把費用列出來。

女：我也這麼做了。他們讓我等了十分鐘。

問：這位女士在等什麼東西寄到？

A. 時尚目錄。　　　　　　　B. 她在網路上訂購的書。

C. <u>她的手機帳單。</u>　　　　　D. 她的信用卡帳單。

* mail〔mel〕*n.* 郵件　　***not yet*** 尚未　　expect〔ɪk'spɛkt〕*v.* 等待
cell phone 手機　　bill〔bɪl〕*n.* 帳單
should have p.p. 早該【表示過去該做而未做】　　***by now*** 到現在
look up 查詢　　online〔͵ɑn'laɪn〕*adv.* 在線上
individual〔͵ɪndə'vɪdʒʊəl〕*adj.* 個別的　　charge〔tʃɑrdʒ〕*n.* 費用
exactly〔ɪg'zæktlɪ〕*adv.* 確切地；精確地
customer service 客戶服務部　　list〔lɪst〕*v.* 列出
on hold（電話接通時）等某人接電話　　fashion〔'fæʃən〕*n.* 時尚
catalogue〔'kætl͵ɔg〕*n.* 目錄　　order〔'ɔrdə〕*v.* 訂購

38. (C) 男：妳知道嗎，偶爾走到戶外親近大自然真的很棒。每當我來到這
裡，我都感到神清氣爽。

女：我必須承認，到目前為止這是一趟非常愉快的健行。風景也令
人嘆為觀止。

男：而且妳想想看，所有這一切只距離市區一小時車程而已。

女：我很興奮想看到，你一直在說的那座天然溫泉。

男：我們差不多還有半公里。快點，我們繼續往前走吧。

問：這段對話最有可能發生在何處？

A. 在遊樂園。　　　　　　　B. 在購物中心。

C. <u>在國家公園。</u>　　　　　D. 在沙漠。

* nature〔'netʃə〕*n.* 大自然　　***once in a while*** 有時；偶爾
refreshed〔rɪ'frɛʃt〕*adj.* 精神恢復的；神清氣爽的
pleasant〔'plɛznt〕*adj.* 令人愉快的；舒適的
hike〔haɪk〕*n.* 徒步旅行；遠足　　***thus far*** 到現在為止
admit〔əd'mɪt〕*v.* 承認　　scenery〔'sinərɪ〕*n.* 風景；景色
breathtaking〔'brɛθ͵tekɪŋ〕*adj.* 令人嘆為觀止的　　***hot spring*** 溫泉
kilometer〔kə'lɑmətə〕*n.* 公里　　***come on*** 快點
amusement park 遊樂園　　***shopping mall*** 購物中心
national park 國家公園　　desert〔'dɛzət〕*n.* 沙漠

39. (**C**)　女：房東說了什麼？

男：他要開始和我們收使用洗衣設備的費用。

女：他打算要怎麼做？

男：他可以在洗衣機上裝投幣孔。但我不確定他什麼時候會這麼做。

女：我想知道是什麼原因導致這一切。

男：有兩三戶家庭已經搬進這棟樓，而他們常常使用洗衣機。我想三樓那對夫婦有六個小孩吧。妳沒有發現在庭院玩的小孩變多了嗎？還有洗衣機日夜都在運轉？我覺得這很合理。

女：你說得對！我都沒有根據這些來判斷。

男：我想自從那幾家搬進來之後，水費和電費已經漲了三倍吧。

問：男士覺得房東的計畫如何？

A. 他很憤怒。　　　　　　　　B. 他很悲傷。

C. 他覺得這是個合理的主意。　　D. 他覺得這是不可能的任務。

* landlord〔ˈlænd͵lɔrd〕*n.* 房東　　charge〔tʃɑrdʒ〕*v.* 收費
laundry〔ˈlɔndrɪ〕*n.* 洗衣；待洗的衣服　　facility〔fəˈsɪlətɪ〕*n.* 設備
install〔ɪnˈstɔl〕*v.* 安裝；設置　　slot〔slɑt〕*n.* 溝槽；投幣口
intend〔ɪnˈtɛnd〕*v.* 打算　　wonder〔ˈwʌndɚ〕*v.* 想知道；好奇
bring about 導致；造成　　***a couple of*** 幾個；兩三個
do the laundry 洗衣服　　couple〔ˈkʌpl̩〕*n.* 一對（夫妻）
dozen〔ˈdʌzn̩〕*n.* 打；十二個　　increase〔ˈɪnkris〕*n.* 增加
courtyard〔ˈkort͵jɑrd〕*n.* 庭院；天井　　***make sense*** 合理；有道理
put two and two together 根據現有情況推論；綜合判斷
electric〔ɪˈlɛktrɪk〕*adj.* 電的　　triple〔ˈtrɪpl̩〕*v.* 成為三倍
outrage〔ˈaʊt͵redʒ〕*v.* 使憤怒　　sadden〔ˈsædn̩〕*v.* 使悲傷
sensible〔ˈsɛnsəbl̩〕*adj.* 明智的；合理的　　mission〔ˈmɪʃən〕*n.* 任務

40. (**A**)　男：有什麼問題嗎？

女：我的電腦突然停了，但我再過一小時後有個線上面試。

男：別擔心。還有很多時間可以重新啟動。

女：你確定嗎？這之前從來沒發生過。

男：當然。這是新的電腦，對吧？也許只是些軟體故障，電腦重新開機時，就會自動修正。

女：謝謝。有像你這樣的專家在身邊真是令人安心。

問：這位女士遇到了什麼問題？

A. 她的電腦無法正常運作。　　　　B. 她的車子發不動。

C. 她的網路斷線了。　　　　　　　D. 她的公寓到處都是蟲子。

* frozen (ˋfrozn̩) *adj.* 不動的　　online (ˋɑnˏlaɪn) *adj.* 線上的；網路上的
  interview (ˋɪntɚˏvju) *n.* 面試　　***plenty of*** 很多；大量
  reboot (riˋbut) *v.* 重新啟動　　software (ˋsɔftˏwɛr) *n.* 軟體
  bug (bʌg) *n.* 小蟲；瑕疵；故障　　fix (fɪks) *v.* 修理
  restart (riˋstɑrt) *v.* 重新開機　　relief (rɪˋlif) *n.* 放心；安心
  expert (ˋɛkspɝt) *n.* 專家　　around (əˋraʊnd) *adv.* 在周圍；在附近
  work (wɝk) *v.* 運作　　properly (ˋprɑpəlɪ) *adv.* 正確地；適當地
  Internet (ˋɪntɚˏnɛt) *n.* 網際網路　　***shut down*** 停止運作
  apartment (əˋpɑrtmənt) *n.* 公寓　　infest (ɪnˋfɛst) *v.* 橫行；侵擾

41. (**C**) 男：他們決定哪個業務部門可以得到傑出成就獎了嗎？

女：還沒有正式宣布。我猜是庫伯市，雖然法里斯和布恩維爾今
　　年也都表現得很好。顯然，我們要得獎的機會渺茫。

男：相較起來，我們的數字很低，但最後兩季已經有進步了。

女：我同意這個說法，但我們要和像是庫柏市這樣的大型分部競爭
　　還差得遠呢。

男：我們沒有資源。我們沒有布恩維爾那樣華麗的展示間，或是庫
　　柏的地理位置。他們做成了很多客戶自行上門的生意，這種生
　　意我們永遠沒有。

女：這是管理部門必須要列入考慮的。

問：說話者在討論什麼？

A. 一位難搞的客戶。　　　　　　　B. 公司政策的改變。

C. 一個管理部門頒發的獎項。　　　D. 從上季以來的銷售數字。

* branch (bræntʃ) *n.* 分部　　receive (rɪˋsiv) *v.* 收到；獲得
  outstanding (ˋaʊtˋstændɪŋ) *adj.* 傑出的
  achievement (əˋtʃivmənt) *n.* 成就　　award (əˋwɔrd) *n.* 獎
  official (əˋfɪʃəl) *adj.* 官方的　　announcement (əˋnaʊnsmənt) *n.* 宣布
  money is on … 認為…會獲勝　　***in the running*** 有獲勝的希望
  obviously (ˋɑbvɪəslɪ) *adv.* 顯然　　***in comparison*** 相比之下
  quarter (ˋkwɔrtɚ) *n.* 一季　　improvement (ɪmˋpruvmənt) *n.* 改進
  statement (ˋstetmənt) *n.* 敘述　　***be a long way from*** 還差很遠

contend〔kən'tɛnd〕*v.* 競爭　　***big boy*** 重要人物
resource〔rɪ'sors〕*n.* 資源　　fancy〔'fænsɪ〕*adj.* 華麗的；精心設計的
showroom〔'ʃo,rum〕*n.* 展示間　　location〔lo'keʃən〕*n.* 位置
a ton of 許多　　walk-in〔'wɔk,ɪn〕*adj.* 自動上門的；輕鬆的
management〔'mænɪdʒmənt〕*n.* 管理部門；資方
take…into consideration 將…列入考慮　　client〔'klaɪənt〕*n.* 客戶
policy〔'pɑləsɪ〕*n.* 政策；方針　　***sales figures*** 銷售數字

42. (**C**) 男：妳還在和湯瑪斯交往嗎？
　　　　女：為什麼要問？誰想要知道？
　　　　男：沒有人。我的意思是，我很確定一定有人想知道妳現在是不是
　　　　　　單身。
　　　　女：算了吧，德克。我不會再和你的其他遜咖朋友出去了。我已經
　　　　　　學到教訓了。
　　　　男：噢別這樣，妮琪！我的朋友不是遜咖，他們…好吧，有一些是。
　　　　　　沒關係。妳還在跟湯瑪斯交往嗎？我聽說妳們已經分手了。
　　　　女：別相信你聽到的每一件事，德克。
　　　　問：我們知道關於妮琪什麼事？
　　　　A. 她正在和湯瑪斯交往。　　　　B. 她覺得德克是個遜咖。
　　　　C. <u>她之前和德克的一個朋友約會過。</u>
　　　　D. 她和湯瑪斯分手了。

　　　　* see〔si〕*v.* 和（某人）交往【常用進行式】
　　　　　currently〔'kɝəntlɪ〕*adv.* 目前　　unattached〔,ʌnə'tætʃt〕*adj.* 單身的
　　　　　forget it 算了吧　　loser〔'luzɚ〕*n.* 失敗者；遜咖
　　　　　learn a lesson 學到教訓　　***Never mind.*** 沒關係；不要記在心上。
　　　　　previously〔'privɪəslɪ〕*adv.* 以前　　date〔det〕*v.* 約會
　　　　　not~anymore 不再~

43. (**B**) 男：我這個周末想邀請一些朋友來，費歐娜。妳會介意嗎？
　　　　女：不會，只要你遵守住屋規定就好。別像上次你辦派對時一樣。
　　　　男：我知道。我很抱歉。那是我的錯。我忘記告訴他們房子裡不准
　　　　　　吸煙。
　　　　女：沒關係，班。不是什麼大事。煙味一天以後就散掉了。我已經
　　　　　　不在乎了。

男：聽到妳這麼說我很開心。所以星期六晚上如何？我們想在露台上烤肉。歡迎妳加入我們。

女：謝謝。我禮拜六要去劇院。我晚上會晚點回家。

男：我一定會留一盤肋排給妳。

問：之前的派對發生了什麼事？

A. 費歐娜喝醉在浴室昏倒了。　　　B. 班的朋友在房子裡抽煙。

C. 一盞燈和兩張椅子壞掉了。　　　D. 露台上發生火災。

* invite〔ɪnˋvaɪt〕v. 邀請　　*as long as* 只要　　rule〔rul〕n. 規定
  unlike〔ʌnˋlaɪk〕prep. 不像　　fault〔fɔlt〕n. 過錯　　*big deal* 大事
  smell〔smɛl〕n. 味道　　gone〔gɑn〕adj. 不見了；消失了
  I am over it. 我已經不在乎了。　　barbecue〔ˋbɑrbɪ͵kju〕v. 烤肉
  patio〔ˋpɑtɪ͵o〕n. 院子；露台　　theater〔ˋθɪətɚ〕n. 劇院
  later〔ˋletɚ〕adv. 更遲　　save〔sev〕v. 保留　　plate〔plet〕n. 盤子
  rib〔rɪb〕n. 肋骨；肋排　　incident〔ˋɪnsədənt〕n. 事件
  occur〔əˋkɝ〕v. 發生　　previous〔ˋprivɪəs〕adj. 先前的
  get drunk 喝醉　　*pass out* 失去知覺；昏過去
  lamp〔læmp〕n. 燈　　*break out*（火災、戰爭、疾病）爆發

44. (**B**) 女：好精采的演講，蘭迪。真是鼓舞人心。

男：妳這麼說人真好，賽琳娜。

女：我和我朋友決定要成立我們自己的社區清潔隊。我們第一次的會議在明天。你想要來嗎？

男：我希望我可以，但我明天早上要出發去巴西。

女：巴西 !? 你要去巴西做什麼？

男：我要去參加大學舉辦的研究交換計畫。我們幫助鄉村地區的居民，能夠更容易取得水資源，還有使用網路的管道。他們則允許我們研究他們的文化。

女：這聽起來真棒。

問：蘭迪要去巴西做什麼？

A. 發表演講。　　　　　　　B. 走訪鄉村地區。

C. 參加會議。　　　　　　　D. 學習說葡萄牙文。

* speech〔spitʃ〕n. 演講　　inspiring〔ɪnˋspaɪrɪŋ〕adj. 激勵人心的
  community〔kəˋmjunətɪ〕n. 社區　　*clean-up* 清掃；清理

leave for 出發前往　　Brazil〔brəˋzɪl〕*n.* 巴西
research〔rɪˋsɜtʃ, ˋrisɜtʃ〕*n.* 研究　　exchange〔ɪksˋtʃendʒ〕*n.* 交換
program〔ˋprogræm〕*n.* 計畫　　rural〔ˋrʊrəl〕*adj.* 鄉村的
area〔ˋɛrɪə〕*n.* 地區　　access〔ˋæksɛs〕*n.* 使用權；管道
Internet〔ˋɪntəˏnɛt〕*n.* 網際網路　　*in turn* 依序地；因此
culture〔ˋkʌltʃə〕*n.* 文化　　fascinating〔ˋfæsnˏetɪŋ〕*adj.* 極好的
attend〔əˋtɛnd〕*v.* 出席；參加　　Portuguese〔ˋportʃəˏgiz〕*n.* 葡萄牙語

45.(**A**) 男：農產品市場星期天沒開嗎？

女：有開，他們開到下午一點。

男：很好。我原本要停下來去買點東西，但現在只能等到明天。

女：如果你要去現在就去。我自己也打算回家了。

男：今天挺有收穫的。

女：沒錯，星期六很棒。沒有平日那些干擾，我覺得我們完成了很
　　多事。

問：這位女士覺得在星期六工作如何？

A. 成效很高的。　　　　　　 B. 完全是浪費時間。
C. 讓人壓力很大。　　　　　　 D. 非常無聊。

* produce〔ˋprodjus〕*n.* 農產品　　market〔ˋmɑrkɪt〕*n.* 市場
cut out 停止　*do some shopping* 買點東西
head〔hɛd〕*v.* 前往　　productive〔prəˋdʌktɪv〕*adj.* 多產的
awesome〔ˋɔsəm〕*adj.* 很好的　　usual〔ˋjuʒʊəl〕*adj.* 平常的
distraction〔dɪˋstrækʃən〕*n.* 干擾　　total〔ˋtotḷ〕*adj.* 完全的
a waste of time 浪費時間　　stressful〔ˋstrɛsfəl〕*adj.* 緊張的；壓力大的
extremely〔ɪksˋtrimlɪ〕*adv.* 非常　　boring〔ˋbɔrɪŋ〕*n.* 無聊的

二、閱讀能力測驗

第一部份：詞彙和結構

1.(**B**) 艾莉絲因為工作忙得不可開交，不能來派對。

(A) watch for 注意；等待

(B) *be tied up* 忙得不可開交；無法脫身

(C) carry out 執行

(D) bring up 養育；提起（話題）

2. (**C**) 我爸媽給我很充足的零用錢，但我從不<u>將其視爲理所當然</u>。

   take … for granted 將…視爲理所當然

   * generous〔'dʒɛnərəs〕*adj.* 充足的；慷慨的
     allowance〔ə'lauəns〕*n.* 零用錢（＝ *pocket money*）

3. (**A**) 我們是否會出席會議還<u>不確定</u>。

   (A) ***doubtful***〔'dautfəl〕*adj.* 懷疑的；不確定的
   (B) receive〔rɪ'siv〕*v.* 收到
   (C) avail〔ə'vel〕*v.* 有助於；有益；利用
   (D) discount〔'dɪskaunt〕*n.* 折扣

   * whether〔'hwɛðə〕*conj.* 是否　　attend〔ə'tɛnd〕*v.* 出席；參加

4. (**C**) 我<u>無法</u>和詹姆士連絡。

   be able to V 能夠

   * ***get in touch with***… 和…連絡

5. (**D**) 沒有任何<u>跡象</u>顯示經濟會很快復甦。

   (A) exchange〔ɪks'tʃendʒ〕*n., v.* 交換
   (B) ceremony〔'sɛrə,monɪ〕*n.* 典禮；儀式
   (C) separate〔'sɛpərɪt〕*adj.* 分開的　〔'sɛpə,ret〕*v.* 分開
   (D) ***indication***〔,ɪndə'keʃən〕*n.* 跡象

   * economy〔ɪ'kɑnəmɪ〕*n.* 經濟　　recover〔rɪ'kʌvə〕*v.* 恢復

6. (**B**) 一場核子災難的可能性<u>嚇壞</u>了日本人。

   (A) terribly〔'tɛrəblɪ〕*adv.* 可怕地；非常地
   (C) terrifically〔tə'rɪfɪklɪ〕*adj.* 驚人地；不得了地
   (D) terrify〔'tɛrə,faɪ〕*v.* 嚇壞；驚嚇

   The prospect of a nuclear disaster 爲主詞，且爲單數，故空格
   應用單數動詞，選 (B)。

   * prospect〔'prɑspɛkt〕*n.* 前景；可能性　　nuclear〔'nuklɪə〕*adj.* 核子的
     disaster〔dɪz'æstə〕*n.* 災難

7. (**C**) 如果你們要當室友，你們最好先彼此<u>認識</u>一下。

   (A) short〔ʃɔrt〕*adj.* 短的；矮的；短缺的

(B) critical〔'krɪtɪkl̩〕*adj.* 批評的；吹毛求疵的

(C) **acquainted**〔ə'kwentɪd〕*adj.* 認識的
get acquainted with⋯ 認識

(D) possible〔'pɑsəbl̩〕*adj.* 可能的

* roommate〔'rum,met〕*n.* 室友   **had better V** 最好
one another 彼此

8. (**A**) 阿妹的新專輯已經位居排行榜<u>榜首</u>好幾個月。

(A) **at the top** 在頂端；在榜首   (B) on the tip 在尖端

(C) by the side 在旁邊   (D) in the back 在後面

* album〔'ælbəm〕*n.* 專輯   chart〔tʃɑrt〕*n.* 排行榜

9. (**B**) 他頭上的槍傷是<u>致命的</u>。

(A) fate〔fet〕*n.* 命運   (B) **fatal**〔'fetl̩〕*adj.* 致命的

(C) fatally〔'fetl̩ɪ〕*adv.* 致命地   (D) fat〔fæt〕*adj.* 胖的

* gunshot〔'gʌn,ʃɑt〕*n.* 槍擊   wound〔wund〕*n.* 傷口

10. (**D**) 這個都市的犯罪事件<u>持續</u>在增加。

(A) stead〔stɛd〕*n.* 代替   **in sb.'s stead** 代替某人

(B) steadfast〔'stɛd,fæst〕*adj.* 固定的；不動搖的

(C) stealthy〔'stɛlθɪ〕*adj.* 秘密的；暗中的

(D) **steady**〔'stɛdɪ〕*adj.* 穩定的；持續的

* increase〔'ɪnkris〕*n.* 增加   crime〔kraɪm〕*n.* 犯罪

11. (**D**) 你的責任是在演員要登台的時候<u>暗示</u>他們。

(A) thank〔θæŋk〕*v.* 感謝

(B) pump〔pʌmp〕*v.* 打氣；用幫浦抽水

(C) search〔sɝtʃ〕*v.* 搜尋   (D) **cue**〔kju〕*v.* 暗示；提示

* responsibility〔rɪ,spɑnsə'bɪlətɪ〕*n.* 責任   actor〔'æktɚ〕*n.* 演員
stage〔stedʒ〕*n.* 舞台   **go on stage** 登台

12. (**A**) 那個小孩和他<u>想像的</u>朋友講話來自娛。

(A) **imaginary**〔ɪ'mædʒə,nɛrɪ〕*adj.* 想像的；假想的

(B) imagination〔ɪ,mædʒə'neʃən〕*n.* 想像力；想像

(C) imagine〔ɪˈmædʒɪn〕v. 想像【imagining 為 imagine 的動名詞】

(D) imagery〔ˈɪmɪdʒərɪ〕n. 意象

* amuse〔əˈmjuz〕v. 使娛樂

13. (**B**) 儘管遭遇許多挫折，維克多還是決心要繼續過他的生活。

(A) get off 下車；下船   (B) ***get on with*** 繼續

(C) get by 通過；過得去   (D) get from 從…得到

* despite〔dɪˈspaɪt〕prep. 儘管   setback〔ˈsɛtˌbæk〕n. 挫折

determined〔dɪˈtɝmɪnd〕adj. 決心的

14. (**A**) 他在天分方面缺乏的，用志向來彌補。

(A) ***ambition***〔æmˈbɪʃən〕n. 志向

(B) ambivalence〔æmˈbɪvələns〕n. 矛盾

(C) ambiance〔ˈæmbɪəns〕n. 環境；氣氛（= *ambience*）

(D) ambiguity〔ˌæmbɪˈgjuətɪ〕n. 含糊；模稜兩可

* lack〔læk〕n. 缺乏   talent〔ˈtælənt〕n. 才華；天分

make up for 彌補

15. (**A**) 自從茉莉和麥可分手後，她一直沮喪到無法離開家。

(A) ***Ever since*** 自從   (B) Whenever 不論何時

(C) Due to 因為   (D) Once 一旦

* ***break up with***… 和…分手   depressed〔dɪˈprɛst〕adj. 沮喪的

第二部份：段落填空

第 16 至 20 題

　　希爾斯堡慘案發生於 1989 年，當時在英格蘭的希爾斯球場，有一場利物
　　　　　　　　16
浦隊與諾丁漢森林隊之間的比賽。比賽開始時，還有許多球迷試著要進入球
　　　　　　　　　17　　　　　　　　　　　18
場，在大門口造成阻塞。當門被打開時，人潮的推力把許多人都擠到柵欄上，導
　　　　　　　　　19
致 96 人喪生。這仍然是英國史上，與體育館相關的災害中，最致命的一場。
　　　　　　　　　　　　　　　　　　　　　　　　　　　　　　20

* Hillsborough〔ˈhɪlsˌbɝo〕n. 希爾斯堡球場【位於英格蘭雪菲爾市】

disaster〔dɪz'æstə〕*n.* 災難　　soccer〔'sakə〕*n.* 足球

match〔mætʃ〕*n.* 比賽

Liverpool〔'lɪvə,pul〕*n.* 利物浦【英格蘭西北部著名的港市】

Nottingham〔'natɪŋəm〕*n.* 諾丁漢【英格蘭中部一都市】

forest〔'farɪst〕*n.* 森林　　stadium〔'stedɪəm〕*n.* 體育館

fan〔fæn〕*n.* 迷；粉絲　　attempt〔ə'tɛmpt〕*v.* 嘗試

enter〔'ɛntə〕*v.* 進入　　form〔fɔrm〕*v.* 形成　　gate〔get〕*n.* 大門

push〔puʃ〕*n.* 推擠　　crush〔krʌʃ〕*v.* 擠壓　　barrier〔'bærɪə〕*n.* 柵欄

result in 導致　　remain〔rɪ'men〕*v.* 仍舊是

related〔rɪ'letɪd〕*adj.* 有關的　　British〔'brɪtɪʃ〕*adj.* 英國的

16. (**B**)　(A) appear〔ə'pɪr〕*v.* 出現　　(B) ***occur***〔ə'kɝ〕*v.* 發生
　　　　(C) wait〔wet〕*v.* 等待　　(D) long〔lɔŋ〕*v.* 渴望

17. (**A**)　(A) ***between***〔bə'twin〕*prep.* 在（兩者）之間
　　　　(B) berate〔bə'ret〕*v.* 怒斥
　　　　(C) better〔'bɛtə〕*v.* 改善
　　　　(D) bet〔bɛt〕*v.* 打賭

18. (**A**)　(A) ***begin***〔bɪ'gɪn〕*v.* 開始
　　　　(B) beget〔bɪ'gɛt〕*v.* 招致
　　　　(C) beginning〔bɪ'gɪnɪŋ〕*adj.* 開始的　*n.* 開始
　　　　(D) beguile〔bɪ'gaɪl〕*v.* 欺騙

19. (**D**)　(A) crosswalk〔'krɔs,wɔk〕*n.* 行人穿越道
　　　　(B) turnaround〔'tɝnə,raʊnd〕*n.* 迴轉；轉變
　　　　(C) terrycloth〔'tɛrɪ,klɔθ〕*n.* 毛織物
　　　　(D) ***bottleneck***〔'batḷ,nɛk〕*n.* 瓶頸；（交通）阻塞

20. (**A**)　依句意應是「最致命的」，選 (A) ***deadliest***，原級為 deadly。
　　　　(B) 最棒的，(C) smoothest 最平順的，(D) 大部分的；最，均不合。

第 21 至 25 題

　　有一些螞蟻曬著夏天收集來的穀物，享受著冬天。一隻飢餓虛弱的蚱蜢經

過，要求一點東西吃。蟻王<u>大聲問</u>道：「爲什麼你夏天沒有儲備穀物呢？」
22

　　蚱蜢回答：「<u>整個夏天我都在慶祝季節的溫暖</u>，用我美麗的翅膀來唱歌，
23

度過那些日子。」

　　蟻王說：「那好吧。爲我們跳舞吧，就在這裡，<u>或許</u>我們會和你分享一些
24

穀物。」

　　驕傲的蚱蜢很震驚。「爲什麼我要爲你們這些卑微的螞蟻跳舞呢？」

　　蟻王說：「<u>如果你笨到整個夏天都在唱歌</u>，那你應該也會餓到在冬天爲了
25

食物跳舞。」

> * grain〔gren〕*n.* 穀物　　　collect〔kə'lɛkt〕*v.* 收集
> grasshopper〔'græs,hɑpɚ〕*n.* 蚱蜢　　weak〔wik〕*adj.* 虛弱的
> hunger〔'hʌŋgɚ〕*n.* 飢餓　　***pass by*** 經過　　***ask for*** 要求
> ***stock up on*** 儲備　　reply〔rɪ'plaɪ〕*v.* 回應
> celebrate〔'sɛlə,bret〕*v.* 慶祝　　warmth〔wɔrmθ〕*n.* 溫暖
> pass〔pæs〕*v.* 度過　　wing〔wɪŋ〕*n.* 翼；翅膀
> proud〔praʊd〕*adj.* 驕傲的　　shocked〔ʃɑkt〕*adj.* 震驚的
> lowly〔'lolɪ〕*adj.* 身分卑微的

21. (**C**) 比過去式更早發生的動作，用過去完成式，故選 (C) ***had***。

22. (**C**) (A) 無此用法　　　　　　　(B) 無此用法
　　　　　　(C) ***speak up*** 大聲說　　　(D) speak〔spik〕*v.* 說（語言）

23. (**D**) 依句意，季節「的」溫暖，選 (D) ***of***。

24. (**A**) 依句意選 (A) ***perhaps***「或許」。而 (B) which「哪一個」、(C) since
　　　　　　「既然；自從」和 (D) except「除了…之外」則不合句意。

25. (**A**) (A) ***foolish***〔'fulɪʃ〕*adj.* 愚笨的
　　　　　　(B) anguish〔'æŋgwɪʃ〕*n.* 極度的痛苦
　　　　　　(C) sluggish〔'slʌgɪʃ〕*adj.* 慢吞吞的
　　　　　　(D) bearish〔'bɛrɪʃ〕*adj.* 似熊的；魯莽的

第三部份：閱讀理解

第 26 至 27 題

> ### 重要通知
>
> **草原狼國家公園管理員**宣布三個營地重新開放，這些營地在最近發生的大火期間與其後關閉。現在史夸特海灣、光明方山與大松樹草地營區對外開放，不需要許可證。
>
> 請注意以下規定：
>
> - 露營者可以在 21 天的期間內連續待上 14 天。露營者一年內不得在史夸特海灣停留總共超過 30 天，在光明方山與大松樹草地不能停留超過 45 天。
>
> - 露營裝備架好的第一晚至少必須有一人待在營區。露營裝備不得超過 24 小時無人看管。
>
> - 小徑起點以及起點內 300 英呎不得露營。只有在指定的休閒區才可以露營。在進一步通知前，毒蘿蔔懸崖與兀鷹營區將保持關閉。

* notice (ˈnotɪs) *n.* 通知　　coyote (kaɪˈoti , kaɪˈot) *n.* 草原狼
canyon (ˈkænjən) *n.* 峽谷　　***national park*** 國家公園
ranger (ˈrendʒɚ) *n.* 森林管理員　　announce (əˈnaʊns) *v.* 宣布
campsite (ˈkæmpˌsaɪt) *n.* 露營場地；營地 (= *campground*)
recent (ˈrisn̩t) *adj.* 最近的　　wildfire (ˈwaɪldˌfaɪr) *n.* 野火
squatter (ˈskwɑtɚ) *n.* 蹲著的人　　cove (kov) *n.* 小海灣
radiant (ˈredɪənt) *adj.* 幅射的；燦爛的　　mesa (ˈmezə) *n.* 方山
pine (paɪn) *n.* 松樹　　meadow (ˈmɛdo) *n.* 草地　　***the public*** 大眾
permit (ˈpɝmɪt) *n.* 許可證　　require (rɪˈkwaɪr) *v.* 需要；必須
remind (rɪˈmaɪnd) *v.* 提醒　　following (ˈfɑloɪŋ) *adj.* 下列的
policy (ˈpɑləsɪ) *n.* 政策　　camper (ˈkæmpɚ) *n.* 露營者
up to 高達　　consecutive (kənˈsɛkjətɪv) *adj.* 連續的

within〔wɪθˈɪn〕*prep.* 在～之內　　period〔ˈpɪrɪəd〕*n.* 期間
in excess of 超過　　total〔ˈtotḷ〕*n.* 總計；總額
calendar〔ˈkæləndɚ〕*n.* 曆法；日曆；月曆　***calendar year*** 曆年
occupy〔ˈɑkjəˌpaɪ〕*v.* 佔領　　equipment〔ɪˈkwɪpmənt〕*n.* 裝備
set up 設置　　unattended〔ˌʌnəˈtɛndɪd〕*adj.* 無人看管的
trailhead〔ˈtrelˌhɛd〕*n.* 小徑起點　　feet〔fit〕*n.* 英呎
designated〔ˈdɛzɪgˌnetɪd〕*adj.* 指定的　　recreation〔ˌrɛkrɪˈeʃən〕*n.* 娛樂
hemlock〔ˈhɛmlɑk〕*n.* 毒胡蘿蔔　　cliff〔klɪf〕*n.* 懸崖
buzzard〔ˈbʌzɚd〕*n.* 美洲兀鷹　　roost〔rust〕*n.* 棲木；棲息地
remain〔rɪˈmen〕*v.* 依舊是　　further〔ˈfɝðɚ〕*adj.* 更進一步的

26. (**C**) 這份通知主要的目的為何？

(A) 解釋公園歷史。

(B) 宣布公園規定的更改。

(C) 宣布三個營地的重新開放。

(D) 舉例說明無人看管露營裝備的危險。

* illustrate〔ˈɪləstret〕*v.* 舉例說明

27. (**C**) 下列哪個營地是關閉的？

(A) 史夸特海灣。　　　　(B) 大松樹草地。

(C) 兀鷹營區。　　　　　(D) 光明方山。

第 28 至 30 題

主　題：2302 室的水管問題
日　期：3/22/11 11:34:22（太平洋標準時間）
寄件人：gutbuster@mailbox.com
收件人：tallpaulshaw@gassy.org

蕭先生：

我昨晚順路到你家，要去看馬桶的情形。但你顯然不在。

　　我試著自己進到公寓裡，但很明顯的，你已經換了鎖。你應該要知道，租賃合約中嚴格禁止這件事。我希望這只是個小誤會。如果你已經換掉鎖，必須給我一副鑰匙。這很有道理，不是嗎？尤其是如果你要我幫你修馬桶的話。

　　關於馬桶，如果我沒記錯的話，你說它沖水很慢。這是因爲整棟建築物的水壓問題，超過我的直接管轄範圍。不過你可以做一個簡單的動作，來改善水流。把水箱的蓋子抬起來，拴緊裡面控制沖水裝置的螺絲。我很樂意替你做這件事，但前提是我要能進得去。

　　請讓我知道何時適合拜訪，來解決這些問題。

基普・阿塔威

---

* subject〔ˋsʌbdʒɪkt〕*n.* 主題　　plumbing〔ˋplʌmɪŋ〕*n.* 水管工程
come by 短暫拜訪　　apartment〔əˋpɑrtmənt〕*n.* 公寓
toilet〔ˋtɔɪlɪt〕*n.* 馬桶　　obviously〔ˋɑbvɪəslɪ〕*adv.* 明顯地
attempt〔əˋtɛmpt〕*v.* 嘗試　　apparent〔əˋpærənt〕*adj.* 明顯的
lock〔lɑk〕*n.* 鎖　　aware〔əˋwɛr〕*adj.* 知道的
strictly〔ˋstrɪktlɪ〕*adv.* 嚴格地　　forbidden〔fɚˋbɪdn̩〕*adj.* 被禁止的
rental〔ˋrɛntl̩〕*n.* 租賃　　contract〔ˋkɑntrækt〕*n.* 合約
misunderstanding〔ˌmɪsʌndɚˋstændɪŋ〕*n.* 誤解
require〔rɪˋkwaɪr〕*v.* 要求　　***be required to V*** 必須
make sense 合理　　especially〔əˋspɛʃəlɪ〕*adv.* 特別是
fix〔fɪks〕*v.* 修理　　regarding〔rɪˋgɑrdɪŋ〕*prep.* 關於
memory〔ˋmɛmərɪ〕*n.* 記憶
if my memory serves me correctly/right 如果我沒記錯的話
flush〔flʌʃ〕*v.* 沖水　　***be due to*** 是由於　　pressure〔ˋprɛʃɚ〕*n.* 壓力
beyond〔bɪˋjɑnd〕*prep.* 超過　　immediate〔ɪˋmidɪɪt〕*adj.* 立即的
improve〔ɪmˋpruv〕*v.* 改善　　flow〔flo〕*n.* 流動　　lift〔lɪft〕*v.* 舉起
lid〔lɪd〕*n.* 蓋子　　tank〔tæŋk〕*n.* 水箱　　tighten〔ˋtaɪtn̩〕*v.* 拴緊
screw〔skru〕*n.* 螺絲　　mechanism〔ˋmɛkəˌnɪzəm〕*n.* 機制

access〔'æksɛs〕 *n.* 可進入；可使用 < *to* >　　　***come over*** 過來一趟
resolve〔rɪ'zɑlv〕 *v.* 解決　　　matter〔'mætə〕 *n.* 事情

28. (**B**) 基普寫這封信的主要理由爲何？

(A) 討論換鎖的計畫。　　　　(B) 安排時間來修理房客的馬桶。
(C) 詢問關於該建築的水壓。　(D) 詢問蕭先生爲什麼臉紅。

* schedule〔'skɛdʒul〕 *v.* 安排時間　　　tenant〔'tɛnənt〕 *n.* 房客
inquire〔ɪn'kwaɪr〕 *v.* 詢問 < *about* >　　　flush〔flʌʃ〕 *v.* (人) 臉紅

29. (**C**) 基普‧阿塔威認爲馬桶的問題爲何？

(A) 有漏水。　　　　　　　　(B) 沖水裝置卡住了。
(C) 水壓弱。　　　　　　　　(D) 蕭先生嘗試用馬桶沖大的東西。

* leak〔lik〕 *n.* 漏水　　　stick〔stɪk〕 *v.* 卡住

30. (**B**) 基普‧阿塔威說，什麼是蕭先生可以自己做的？

(A) 換鎖。　　　　　　　　　(B) 改善水流。
(C) 沖馬桶。　　　　　　　　(D) 閱讀租賃合約。

第 31 至 33 題

在美國，野外露營在廣大、偏遠、未開發地區非常普遍。這些地區只能靠步行、划獨木舟或騎馬才能到達。通常在有管理的公園或是野外地區，野外露營的營地需要申請免費的許可證，許可證可以在遊客中心及森林管理處取得。在其他無人管理的地區露營，則不需要許可證。

露營地區通常都是已建立好的營地或「區域」，每晚獲准露宿該區的人數都有額度限制。在儲藏食物及保護資源方面，還有嚴格的規定。在多數情況下，露天生火是不被允許的，所有的烹飪行爲，都要使用小型的可攜式爐具。

* backcountry〔'bæk͵kʌntrɪ〕*n.* 偏遠地區

camping〔'kæmpɪŋ〕*n.* 露營　***backcountry camping*** 野外露營

common〔'kɑmən〕*adj.* 常見的　　remote〔rɪ'mot〕*adj.* 偏遠的

undeveloped〔͵ʌndɪ'vɛləpt〕*adj.* 未開發的　　reach〔ritʃ〕*v.* 抵達

on foot 步行　　canoe〔kə'nu〕*n.* 獨木舟

horseback〔'hɔrs͵bæk〕*n.* 馬背　***on horseback*** 騎馬

organized〔'ɔrgə͵naɪzd〕*adj.* 有組織的　　wilderness〔'wɪldənɪs〕*n.* 野外

campsite〔'kæmp͵saɪt〕*n.* 營地　　require〔rɪ'kwaɪr〕*v.* 需要

permit〔'pɜmɪt〕*n.* 許可證　〔pə'mɪt〕*v.* 允許

obtainable〔əb'tenəbl〕*adj.* 可取得的　　ranger〔'rendʒə〕*n.* 森林管理員

unprotected〔͵ʌnprə'tɛktɪd〕*adj.* 未受保護的

established〔ə'stæblɪʃt〕*adj.* 建立好的　　zone〔zon〕*n.* 區域

quota〔'kwotə〕*n.* 額度　　allow〔ə'laʊ〕*v.* 允許

section〔'sɛkʃən〕*n.* 區塊　　per〔pə〕*adj.* 每一

strict〔strɪkt〕*adj.* 嚴格的　　regulation〔͵rɛgjə'leʃən〕*n.* 規定

impose〔ɪm'poz〕*v.* 施加　　regarding〔rɪ'gɑrdɪŋ〕*prep.* 關於

storage〔'storɪdʒ〕*n.* 儲藏　　resource〔rɪ'sors〕*n.* 資源

portable〔'portəbl〕*adj.* 可攜帶的　　stove〔stov〕*n.* 爐子

31. (**C**) 野外露營通常都在哪裡進行？

(A) 在森林管理處。　　　　　(B) 在遊客中心附近。

(C) 在難以進入的區域。　　　(D) 馬背上。

* ***take place*** 舉辦；發生　　access〔'æksɛs〕*v.* 進入

32. (**D**) 在多數情況下，何者是不被允許的？

(A) 露營過夜。　　　　　　　(B) 可攜帶的爐子。

(C) 烹飪。　　　　　　　　　(D) 露天生火。

* overnight〔'ovə'naɪt〕*adj.* 過夜的

33. (**A**) 第八行的 "quota" 意思為何？

(A) ***limit***〔'lɪmɪt〕*n., v.* 限制　　(B) permit〔'pɜmɪt〕*n.* 許可證

(C) submit〔sʌb'mɪt〕*v.* 繳交

(D) admit〔əd'mɪt〕*v.* 承認

第 34 至 36 題

<table>
<tr><td colspan="2" align="center">丹頓－紅河 接駁公車
六月三十日生效</td></tr>
<tr><td align="center">平　日</td><td align="center">週　末</td></tr>
</table>

從丹頓	從紅河	從丹頓	從紅河
5:30 p.m.	6:00 p.m.	6:30 p.m.	7:00 p.m.
6:30 p.m.	7:00 p.m.	8:00 p.m.	8:30 p.m.
7:30 p.m.	8:00 p.m.	10:00 p.m.	10:30 p.m.
8:30 p.m.	9:00 p.m.	11:00 p.m.	11:30 p.m.
10:00 p.m.	10:30 p.m.		
11:00 p.m.	11:30 p.m.		

單程車資		假期服務
12 歲以下兒童	$4.50	按照週末行程
12 至 65 歲成人	$5.50	* 勞工節、獨立紀念日、
65 歲及以上年長者	$3.50	聖誕節、除夕、元旦。

* shuttle〔ˈʃʌtl̩〕*adj.* 定期往返的　***shuttle bus*** 接駁公車
effective〔əˈfɛktɪv〕*adj.* 有效的　　weekday〔ˈwikˌde〕*n.* 週間；平日
one-way 單程的　　fare〔fɛr〕*n.* 車資　adult〔əˈdʌlt〕*n.* 成人
senior〔ˈsinjɚ〕*n.* 年長者　service〔ˈsɝvɪs〕*n.* 服務
labor〔ˈlebɚ〕*n.* 勞動；勞工　***Labor Day*** 勞工節
independence〔ˌɪndɪˈpɛndəns〕*n.* 獨立
Independence Day 獨立紀念日

34. (**C**) 星期一最後一班離開丹頓的車是幾點？

    (A) 10：00。   (B) 10：30。

    (C) <u>11：00</u>。   (D) 11：30。

35. (**D**) 星期六最後一班離開紅河的車是幾點？

　　　(A) 10：00。　　　　　　　(B) 10：30。

　　　(C) 11：00。　　　　　　　(D) <u>11：30</u>。

36. (**C**) 假期時會發生什麼事情？

　　　(A) 價格加倍。　　　　　　(B) 年長者免費搭乘。

　　　(C) <u>公車遵循週末行程。</u>　　(D) 公車停駛。

　　* ride〔raɪd〕*v.* 搭乘　　***for free*** 免費地

第 37 至 40 題

恩菲爾德中學

制服規定

　家長們： 這個夏天請明智地購買制服；此規定將嚴格執

　　　　　行。違反規定的學生將被退學！

　　　1. 白領襯衫。

　　　2. 海軍藍制服：長褲、裙子或短褲。

　　　3. 橡膠軟底鞋：黑色、咖啡色、藍色或白色。

---

　* uniform〔'junə,fɔrm〕*n.* 制服　　policy〔'pɑləsɪ〕*n.* 政策
　purchase〔'pɝtʃəs〕*v.* 購買　　wisely〔'waɪzlɪ〕*adv.* 明智地
　enforce〔ɪn'fors〕*v.* 執行　　violation〔,vaɪə'leʃən〕*n.* 違反
　in violation of … 違反 …　　collar〔'kɑlə〕*n.* 領子
　navy blue 海軍藍；深藍色　　pants〔pænts〕*n. pl.* 長褲
　skirt〔skɝt〕*n.* 裙子　　shorts〔ʃɔrts〕*n. pl.* 短褲
　rubber〔'rʌbə〕*n.* 橡膠　　soft〔sɔft〕*adj.* 軟的
　sole〔sol〕*n.* 鞋底

37. (**B**) 這份通知的目的為何？

    (A) 執行法律。

    (B) 提醒家長和學生一項政策規定。

    (C) 宣布一項活動。

    (D) 建議購物訣竅。

    * purpose〔'pɝpəs〕*n.* 目的　　notice〔'notɪs〕*n.* 通知
    remind〔rɪ'maɪnd〕*v.* 提醒 < of >　　announce〔ə'naʊns〕*v.* 宣布
    event〔ɪ'vɛnt〕*n.* 事件；活動　　suggest〔sə(g)'dʒɛst〕*v.* 建議
    shopping〔'ʃɑpɪŋ〕*n.* 購物　　tip〔tɪp〕*n.* 訣竅

38. (**C**) 不穿制服的學生會發生什麼事？

    (A) 他們將要留校察看。　　　(B) 他們會拿不到午餐。

    (C) 他們會被送回家。　　　　(D) 他們會被禁止回家。

    * serve〔sɝv〕*v.* 服（刑）　　detention〔dɪ'tɛnʃən〕*n.* 留校察看

39. (**D**) 根據這份通知，下列何者是不被允許的鞋子顏色？

    (A) 咖啡色。　　　　　　　　(B) 藍色。

    (C) 白色。　　　　　　　　　(D) 紅色。

    * approved〔ə'pruvd〕*adj.* 許可的

40. (**D**) 這份通知暗示什麼？

    (A) 有些恩菲爾德學生的家長不會說英文。

    (B) 中學生渴望紀律。

    (C) 這項政策未來可能放寬。

    (D) 粉紅色短褲是絕不被允許的。

    * imply〔ɪm'plaɪ〕*v.* 暗示　　crave〔krev〕*v.* 渴望
    discipline〔'dɪsəplɪn〕*n.* 紀律　　relax〔rɪ'læks〕*v.* 放鬆；放寬
    definitely〔'dɛfənɪtlɪ〕*adv.* 必定；絕對地

中級英語檢定模擬試題 ② 詳解

第一部份：看圖辨義

第一題和第二題，請看圖片 **A**。

1. (C) 法蘭克和琳達在哪裡？
   A. 在私人辦公室。
   B. 在會議室。
   C. 在銀行。
   D. 機場。
   * private〔ˈpraɪvɪt〕*adj.* 私人的；個人的　office〔ˈɔfɪs〕*n.* 辦公室
   conference〔ˈkɑnfərəns〕*n.* 會議　teller〔ˈtɛlɚ〕*n.* 銀行出納員

2. (B) 請再看圖片 **A**。琳達可能在和法蘭克說什麼？
   A. 那真是個糟糕的笑話。　　B. 能和你做生意很開心。
   C. 你需要什麼飲料來搭配嗎？　D. 我的電腦出了點問題。
   * terrible〔ˈtɛrəbḷ〕*adj.* 可怕的　joke〔dʒok〕*n.* 玩笑
   pleasure〔ˈplɛʒɚ〕*n.* 愉快；榮幸　business〔ˈbɪznɪs〕*n.* 生意
   do business with sb. 和某人做生意

第三題到第五題，請看圖片 **B**。

3. (A) 賴瑞在做什麼？
   A. 他在彈吉他。　　　　　B. 他在拍球。
   C. 他在地板上睡覺。　　　D. 他在做三明治。
   * guitar〔gɪˈtɑr〕*n.* 吉他
   bounce〔baʊns〕*v.* 使（球）彈跳
   floor〔flor〕*n.* 地板
   sandwich〔ˈsændwɪtʃ〕*n.* 三明治

4. (C) 請再看圖片 **B**。史考特有可能在做什麼？
   A. 跳舞。　　B. 畫畫。　　C. 唱歌。　　D. 閱讀。
   * paint〔pent〕*v.* 畫畫

5.(**D**) 請再看圖片 B。關於漢娜的敘述何者正確？

    A. 她至少 90 歲。   B. 她得了癌症快死了。

    C. 她和勞瑞處得不好。   D. <u>她正坐著。</u>

    * ***at least*** 至少   ***die of*** 因…死   unhappy〔ʌnˋhæpɪ〕*adj.* 不愉快的

第六題和第七題，請看圖片 C。

6.(**B**) 這則公告主要是關於什麼？

    A. 天氣。

    B. <u>水質。</u>

    C. 海洋狀況。

    D. 食品安全。

CAUTION
Water Quality Information
Cloudy water caused by high wave activity and heavy rainfall may contain high levels of bacteria.

    * notice〔ˋnotɪs〕*n.* 公告   quality〔ˋkwɑlətɪ〕*n.* 品質
    ocean〔ˋoʃən〕*n.* 海洋   condition〔kənˋdɪʃən〕*n.* 狀況
    safety〔ˋseftɪ〕*n.* 安全   caution〔ˋkɔʃən〕*n.* 警告
    cloudy〔ˋklaʊdɪ〕*adj.* 混濁的   cause〔kɔz〕*v.* 引起
    high wave activity 大浪   ***heavy rainfall*** 大雨
    contain〔kənˋten〕*v.* 含有   level〔ˋlɛvl̩〕*n.* 程度
    bacteria〔bækˋtɪrɪə〕*n.* 細菌

7.(**C**) 請再看圖片 C。誰會對這則資訊最有興趣？

    A. 獵人。   B. 打高爾夫球的人。

    C. <u>衝浪者。</u>   D. 音樂家。

    * hunter〔ˋhʌntɚ〕*n.* 獵人   golfer〔ˋgɑlfɚ〕*n.* 打高爾夫球的人
    surfer〔ˋsɝfɚ〕*n.* 衝浪者   musician〔mjuˋzɪʃən〕*n.* 音樂家

第八題和第九題，請看圖片 D。

8.(**C**) 老師在全班面前拿著什麼？

    A. 她自己的照片。   B. 結業證書。

    C. <u>報紙的頭版。</u>   D. 考試的結果。

    * ***hold up*** 舉起   ***in front of*** 在…前面
    certificate〔səˋtɪfəkɪt〕*n.* 證書   achievement〔əˋtʃivmənt〕*n.* 成就
    certificate of achievement 結業證明；成績證明
    front page 頭版   result〔rɪˋzʌlt〕*n.* 結果

9. (**D**) 請再看圖片 D。有幾位學生舉手？

　　　A. 三位。　　　　　　　B. 四位。

　　　C. 六位。　　　　　　　D. <u>全部。</u>

　　　* raise〔rez〕*v.* 舉起

第十題和第十一題，請看圖片 E。

10. (**A**) 這個告示牌提供了什麼資訊？

　　　A. <u>設施的位置。</u>

　　　B. 房間的價格。

　　　C. 營業時間。

　　　D. 房子的規定。

← BEVERAGE AREA
→ LAUNDRY
↑ POOL & SAUNA
↓ ROOMS 102–137

　　　* location〔lo'keʃən〕*n.* 位置　　facility〔fə'sɪlətɪ〕*n.* 設備；設施
　　　operation〔ˌɑpə'reʃən〕*n.* 營運；營業　　***hours of operation*** 營業時間
　　　rule〔rul〕*n.* 規則；規定　　beverage〔'bɛvərɪdʒ〕*n.* 飲料
　　　laundry〔'lɔndrɪ〕*n.* 洗衣房　　sauna〔'sɔnə, 'saʊnə〕*n.* 三溫暖

11. (**A**) 請再看圖片 E。彼得遜先生想要游泳。游泳池在哪裡？

　　　A. <u>前方直走。</u>　　　　　　B. 在他後方。

　　　C. 往左走。　　　　　　　D. 往右走。

　　　* ***take a swim*** 游泳　　straight〔stret〕*adv.* 直直地
　　　ahead〔ə'hɛd〕*adv.* 向前；在前　　behind〔bɪ'haɪnd〕*prep.* 在～之後

第十二題和第十三題，請看圖片 F。

12. (**D**) 瑪莉和茉莉正搭乘往淡水的捷運。瑪莉決定要去寧夏夜市。

　　　她應該要在哪一站下車？

　　　A. 劍潭站。　　　　　　　B. 圓山站。

　　　C. 雙連站。　　　　　　　D. <u>中山站。</u>

　　　* head〔hɛd〕*v.* (向特定方向) 出發；駛向
　　　Circle Night Market 寧夏圓環夜市
　　　get off 下車

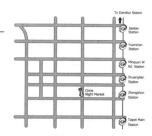

13. (**A**) 請再看圖片 F。茉莉在下兩站後下車。

　　　她在哪裡？

A. 民權西路站。　　　　　　B. 台北車站。
C. 中山站。　　　　　　　　D. 淡水站。

第十四題和第十五題，請看圖片 G。

14. (**C**) 我們可以從這個圖表中得知什麼訊息？

　　A. 財政學。　　B. 歷史。　　C. 營養學。　　D. 心理學。

sweetened drink 加糖飲料

　　* finance (fə'næns) *n.* 財政學
　　history ('hɪstrɪ) *n.* 歷史
　　nutrition (nu'trɪʃən) *n.* 營養學
　　psychology (saɪ'kɑlədʒɪ) *n.* 心理學
　　source (sors) *n.* 來源
　　calorie ('kælərɪ) *n.* 卡路里
　　alcohol ('ælkəˌhɔl) *n.* 酒
　　sweeten ('switn̩) *v.* (加糖) 使變甜
　　yeast (jist) *n.* 酵母　　grain (gren) *n.* 穀類
　　grain-based 以穀類為基底的　　dessert (dɪ'zɜt) *n.* 甜點

15. (**B**) 請再看圖片 G。根據所提供的資訊我們可以推論出什麼？

　　A. 美國人不喜歡披薩。
　　B. 美國人從點心所攝取的卡路里，比任何其他來源都多。
　　C. 美國人喝很多啤酒。　　　　D. 美國人沒有吃很多麵包。

　　* infer (ɪn'fɜ) *v.* 推論　　provide (prə'vaɪd) *v.* 提供
　　be fond of 喜歡；愛好

第二部份：問答

16. (**A**) 你覺得一間公寓最重要的特點是什麼？

　　A. 地點。我想要住在一個安全的地區。
　　B. 生物學。我必須知道它是怎麼運作的。
　　C. 個性。我很在意別人的感受。
　　D. 時間。我的行程很滿。

　　* feature ('fitʃə) *n.* 特色；特點　　location (lo'keʃən) *n.* 位置；地點
　　neighborhood ('nebəˌhud) *n.* 鄰近地區；地區
　　biology (baɪ'ɑlədʒɪ) *n.* 生物學　　personality (ˌpɜsn̩'ælətɪ) *n.* 個性
　　schedule ('skɛdʒul) *n.* 行程表

17. (**D**) 到長灘島住哪裡最好？

　　A. 這是長灘島最棒的地方。　　　B. 飛到馬尼拉再搭公車。

　　C. 大約是七千個台灣。　　　　　D. <u>好的飯店大多位於白沙灘。</u>

　　* Boracay〔͵bɔrəˋkaɪ〕n. 長灘島
　　　Manila〔məˋnɪlə〕n. 馬尼拉【菲律賓首都】

18. (**A**) 你預計在墨爾本待多久？

　　A. <u>我還沒決定。也許再多留幾天。</u>

　　B. 你無法走太遠的。那條道路已經封鎖了。

　　C. 用另一個方法試試。也許它壞掉了。

　　D. 我們去過那裡兩次了。那裡很漂亮。

　　* Melbourne〔ˋmɛlbən〕n. 墨爾本　　closed〔klozd〕adj. 封鎖的
　　　broken〔ˋbrokən〕adj. 損壞了的　　lovely〔ˋlʌvlɪ〕adj. 美麗的

19. (**C**) 你覺得你有足夠的運動嗎？

　　A. 總是如此。跑步會使我腳痛。

　　B. 一天三次。如果我可以的話。　　C. <u>是的。我活力十足。</u>

　　D. 有時候。如果我有心情時。

　　* hurt〔hɝt〕v. 使受傷；弄痛　　active〔ˋæktɪv〕adj. 活動的；活潑的
　　　in the mood 有心情

20. (**B**) 你花了多久的時間拿到你的旅遊簽證？

　　A. 兩磅。　　　　　　　　　　　B. <u>三週。</u>

　　C. 六個字。　　　　　　　　　　D. 八個時段。

　　* tourist〔ˋturɪst〕n. 觀光客　adj. 旅遊的　　visa〔ˋvizə〕n. 簽證
　　　pound〔paund〕n. 磅【重量單位】　　period〔ˋpɪrɪəd〕n. 期間

21. (**A**) 你會如何評斷你的廚藝？

　　A. <u>事實上，還不錯。</u>　　　　　B. 聞起來像是有東西燒焦了。

　　C. 我看過他的每一部影片。　　　D. 我最喜歡的是烤牛肉。

　　* rate〔ret〕v. 評價；認為　　skill〔skɪl〕n. 技術
　　　actually〔ˋæktʃuəlɪ〕adv. 實際上　　smell〔smɛl〕v. 聞起來
　　　burn〔bɝn〕v. 燃燒；燒焦　　video〔ˋvɪdɪ͵o〕n. 影片

favorite〔'fevrɪt〕n. 最喜愛的人（物）　　roast〔rost〕adj. 烤的

roast beef 烤牛肉

22.(**A**) 這是我考過最簡單的考試了！你怎麼會不及格？

　　　A. 我不知道。我恍神了。　　　B. 他來了。什麼都別說。

　　　C. 行動勝於空談。再問一遍。　D. 你說的對。我拿到 B。

　　＊fail〔fel〕v. 不及格　　blank〔blæŋk〕v. 變模糊；變空白

　　blank out 恍神；突然變空　　***If wishes were fishes.*** 行動勝於空談。

23.(**C**) 你女朋友生日你送她什麼生日禮物？

　　　A. 在轉角處左轉。　　　　　B. 給我一分鐘。

　　　C. 一瓶很貴的香水。　　　　D. 我昨天買給她禮物。

　　＊corner〔'kɔrnɚ〕n. 轉角處　　bottle〔'batḷ〕n. 瓶子

　　perfume〔'pɝfjum , pɚ'fjum〕n. 香水

24.(**A**) 你臉頰上的繃帶是怎麼回事？

　　　A. 我刮鬍子的時候刮傷自己了。

　　　B. 你的笑容很美麗。　　　　C. 那不是你問的。

　　　D. 我打籃球時把它弄壞了。

　　＊***What's (up) with…?*** …怎麼了？　　bandage〔'bændɪdʒ〕n. 繃帶

　　cheek〔tʃik〕n. 臉頰　　shave〔ʃev〕v. 刮（臉、鬍子）

25.(**C**) 這些好吃的橘子你在哪裡買到的？

　　　A. 它們生長於溫暖的氣候。　　B. 太鹹了。

　　　C. 在農產品市集。　　　　　　D. 拿去。

　　＊warm〔wɔrm〕adj. 溫暖的　　climate〔'klaɪmɪt〕n. 氣候

　　salty〔'sɔltɪ〕adj. 有鹹味的　　produce〔'prodjus〕n. 農產品

　　here you go 你要的東西在這裡；拿去（＝ *here you are*）

26.(**C**) 颱風預計什麼時候會侵襲台灣？

　　　A. 比預期的慢。　　　　　　B. 比平常高。

　　　C. 今晚稍晚的時候。　　　　D. 昨天早上。

　　＊typhoon〔taɪ'fun〕n. 颱風　　expect〔ɪk'spɛkt〕v. 預期；預計

　　hit〔hɪt〕v. 侵襲　　usual〔'juʒuəl〕adj. 平常的；通常的

27. (**C**) 幫我向凱文問好。

    A. 我做了。   B. 我之前是。

    <u>C. 我會的。</u>   D. 我是。

28. (**C**) 你這次的選舉會去投票嗎？

    A. 有時候。   B. 經常。

    <u>C. 大概吧。</u>   D. 從來沒有。

    * vote〔vot〕*v.* 投票　　upcoming〔ʌpˌkʌmɪŋ〕*adj.* 即將來臨的

    election〔ɪˈlɛkʃən〕*n.* 選舉　　frequently〔ˈfrikwəntlɪ〕*adv.* 經常地

29. (**A**) 你有試過做瑜珈嗎？

    <u>A. 沒有，我沒試過。</u>   B. 沒有，我沒做過。

    C. 沒有，我不應該。   D. 沒有，我不是。

    * yoga〔ˈjogə〕*n.* 瑜珈

30. (**C**) 謝謝你的幫忙。沒有你我是無法完成這件事的。

    A. 進來吧。   B. 請坐。

    <u>C. 不客氣。</u>   D. 對不起。

    * mention〔ˈmɛnʃən〕*v.* 提到；提及

    Don't mention it. （小事一樁）不用提了；不客氣。

第三部份：簡短對話

31. (**C**) 女：克雷格，你為什麼要離開？

      男：我無法忍受這一切了。噪音、犯罪、污染。缺乏體貼他人的心。

      女：城市生活令某些人厭煩。你不是很愛，就是很討厭。

      男：多年來，我在這裡一直很開心。但現在…我無法再忍受了。

          該停止了。

      女：所以你要收拾行李，搬到郊區嗎？

      男：我要更進一步。我在遠離人煙的地方買了一座農場。

      問：克雷格將要做什麼？

    A. 賣掉他的車子。   B. 找別的工作。

    <u>C. 搬離城市。</u>   D. 拋棄他的家庭。

* ***have had it with*** … 對…失去耐心;無法忍受
noise〔nɔɪz〕*n.* 噪音　　crime〔kraɪm〕*n.* 犯罪
pollution〔pə'luʃən〕*n.* 污染　　lack〔læk〕*n.* 缺乏
consideration〔kən͵sɪdə'reʃən〕*n.* 體貼
get to 使煩擾;使厭煩　　***either…or~*** 不是…就是~
take〔tek〕*v.* 容忍　　***enough is enough*** 夠了;該停止了
pack up 整理行李　　***head for*** 向…前進
suburb〔'sʌbɝb〕*n.* 郊區　　further〔'fɝðɚ〕*adv.* 更進一步
in the middle of nowhere 在遠離人煙的地方
abandon〔ə'bændən〕*v.* 抛棄

32.(**B**) 男:嗨,我是喬。
女:喬,怎麼了嗎?
男:沒什麼。只是想知道妳在做什麼。
女:我在美甲店。
男:噢!對不起。我可以晚點再打給妳。
女:不用,沒關係。我在修腳趾甲,所以我的手可以接電話。
男:做那些其中一個要花多少錢?
女:二十美元。但是非常值得。
問:這位女士覺得修腳趾甲的費用如何?
A. 比她願意花的還要多一點。　　B. 值得這個價格。
C. 在國外比較便宜。　　　　　　D. 太貴了,她負擔不起。

* ***What's up?*** 發生了什麼事?;怎麼了?　　nail〔nel〕*n.* 指甲
salon〔sə'lɑn〕*n.* 商店　　***nail salon*** 美甲店
pedicure〔'pɛdɪ͵kjʊr〕*n.* 修腳趾甲　　buck〔bʌk〕*n.* 美元
worth〔wɝθ〕*adj.* 值得的　　care〔kɛr〕*v.* 想要
foreign〔'fɔrɪn〕*adj.* 外國的　　***too~to V*** 太~而不…
afford〔ə'ford〕*v.* (人)負擔得起

33.(**B**) 女:理查,你在哪裡出生的?
男:在德國杜塞道夫的美軍醫院。我爸爸以前是空軍,被派駐在那裡。
女:哇,那一定是個很棒的經驗。
男:並不是真的這樣,你知道嗎?我完全不記得這件事。

女：你什麼時候搬回美國的？

男：我想想看…。首先，我們搬去了菲律賓，再來是關島。

女：嚴格地說，關島算是美國的領土。

男：沒錯。但我們是到了我十歲的時候才搬去加州的。

問：理查是在哪裡出生的？

A. 他在加州出生。　　　　　　B. <u>他在德國出生。</u>

C. 他在關島出生。　　　　　　D. 他在菲律賓出生。

* military〔'mɪlə,tɛrɪ〕*adj.* 軍隊的

　Düsseldorf *n.* 杜塞道夫【德國中西部城市】

　Germany〔'dʒɝmənɪ〕*n.* 德國

　Air Force 空軍　　station〔'steʃən〕*v.* 派駐；使駐紮

　experience〔ɪk'spɪrɪəns〕*n.* 經驗　***the States****n.* 美國

　the Philippines〔'fɪlə,pinz〕*n.* 菲律賓

　Guam〔gwɑm〕*n.* 關島【位於太平洋】

　technically〔'tɛknɪkḷɪ〕*adv.* 嚴格地說

　consider〔kən'sɪdɚ〕*v.* 認為　　territory〔'tɛrə,torɪ〕*n.* 領土

　California〔,kælə'fɔrnjə〕*n.* 美國加利福尼亞州

34. (**D**) 男：從我上次見到妳，妳就在把頭髮留長吧。

女：你注意到了。你覺得怎樣？

男：我很喜歡。它讓妳看起來比較有女人味。

女：耶，把頭髮剪成超級短的赫本頭簡直太糟了。

男：那並不糟呀。我朋友賴瑞說妳很可愛。

女：他真的這麼說？！你的朋友在哪？我在這附近都沒看到過他。
　　他也很可愛！

男：他出城了，但他這週末就會回來。妳想要他的手機號碼嗎？

女：嗯，你為什麼不給他我的？突然打給他我會感到很不自在。

問：賴瑞覺得這位女士如何？

A. 他覺得她留長髮比較好看。　B. 他覺得她太胖了。

C. 他覺得她和他格格不入。　　D. <u>他覺得她很可愛。</u>

* notice〔'notɪs〕*v.* 注意到；發覺　feminine〔'fɛmənɪn〕*adj.* 女性的

　pixie〔'pɪksɪ〕*n.* 小精靈　　***pixie cut*** 精靈短髮；赫本頭【此髮型第一波
　風潮來自電影「羅馬假期」中的奧黛麗・赫本，故以她為名】

awful〔ˋɔful〕*adj.* 可怕的　　　around〔əˋraʊnd〕*adv.* 在周圍；在附近
out of town 出城；不在市內　　***cell number*** 手機號碼
comfortable〔ˋkʌmfətəbḷ〕*adj.* 自在的　　***out of the blue*** 突然地
league〔lig〕*n.* 聯盟；同類　　***out of** one's* **league** 和某人格格不入

35. (**A**) 女：璐易絲說人會很多，真的不是在開玩笑的。這次可說是我見過
　　　　　最多人的一次。

　　　　男：我們最初為什麼會來這裡？穆琳，今天是星期天耶。這個地方
　　　　　星期天總是很吵鬧。

　　　　女：我要買去貝蒂的新生兒派對要送的禮物，記得嗎？就在下禮拜
　　　　　六。

　　　　男：禮拜二晚上來不是更好嗎？那個時間不會有多到數不清的人。

　　　　女：山姆，別抱怨了。我們現在已經來了而且有時間。另外，我下
　　　　　禮拜還要忙著準備送禮會。

　　　　問：這段對話最有可能發生在哪裡？

　　　A. 在購物中心。　　　　　　　B. 在辦公大樓。
　　　C. 在公車上。　　　　　　　　D. 在運動比賽會場上。

　　　* joke〔dʒok〕*v.* 開玩笑　　crowded〔ˋkraʊdɪd〕*adj.* 擁擠的
　　　in the first place 最初　　madhouse〔ˋmæd͵haʊs〕*n.* 極為吵鬧的場所
　　　baby shower 為剛生小孩的母親所舉辦的送禮會　　***make sense*** 合理
　　　gazillion〔gəˋzɪljən〕*n.* 無限大的數量【常用於誇飾】
　　　quit〔kwɪt〕*v.* 停止　　whine〔(h)waɪn〕*v.* 抱怨；發牢騷
　　　besides〔bɪˋsaɪdz〕*adv.* 此外　　plan〔plæn〕*v.* 計畫
　　　sporting〔ˋsportɪŋ〕*adj.* 運動的　　event〔ɪˋvɛnt〕*n.*（運動）比賽項目

36. (**D**) 男：我真的很想要這件襯衫，但五十元有點超出我的預算了。

　　　　女：先生，零售價格就是五十元。

　　　　男：妳有沒有什麼辦法可以幫我打折？

　　　　女：我很抱歉，但除非有促銷活動，否則所有的商品都是按標籤上
　　　　　的定價計價。

　　　　男：沒錯，但我是你們的忠實顧客。你們沒有像是員工價之類的嗎？

　　　　女：先生，很不幸地，我沒有權力透露這些資訊。

　　　　問：這位男士要求什麼？

A. 加薪。　　　　　　　　　B. 更便宜的襯衫。

C. 別的顏色。　　　　　　　D. 折扣。

* shirt〔ʃɜt〕*n.* 襯衫　　retail〔'ritel〕*n., adj.* 零售（的）
  retail price 零售價格　　discount〔'dɪskaʊnt〕*n.* 折扣
  unless〔ən'lɛs〕*conj.* 除非　　promotion〔prə'moʃən〕*n.* 促銷
  price〔praɪs〕*v.* 給…定價　　mark〔mɑrk〕*v.* 標記
  loyal〔'lɔɪəl〕*adj.* 忠心的　　customer〔'kʌstəmə〕*n.* 顧客
  employee〔ˌɛmplɔɪ'i〕*n.* 員工
  unfortunately〔ʌn'fɔrtʃənɪtlɪ〕*adv.* 不幸地
  authorize〔'ɔθəˌraɪz〕*v.* 授權　　disclose〔dɪs'kloz〕*v.* 透露
  information〔ˌɪnfə'meʃən〕*n.* 消息；訊息　　raise〔rez〕*n.* 加薪

37.(**A**) 女：保羅，我昨天晚上看了有史以來最恐怖的電影。

男：眞的嗎？是哪一部？

女：「異形殭屍入侵」。

男：妳在開玩笑，對吧？

女：沒有呀，爲什麼這麼問，你有看過？

男：那部電影眞是太糟了。那些特效很爛、很可笑。至於劇情呢？
才開演一個小時我們就離場了，要求退票。

女：天呀！我們看的一定是完全不同的電影，因爲我看的「異形
殭屍入侵」非常棒。

男：我想，人各有所好。我必須承認，我和我朋友對科幻恐怖電影
的要求很嚴格。

問：說話者主要在討論什麼？

A. 一部他們都看過的電影。

B. 他們兩個都沒看過的電視節目。

C. 一位共同朋友。

D. 一個電腦程式。

* terrifying〔'tɛrəˌfaɪɪŋ〕*adj.* 恐怖的　　alien〔'eljən〕*adj.* 異形的
  zombie〔'zɑmbɪ〕*n.* 殭屍　　invasion〔ɪn'veʒən〕*n.* 入侵
  joke〔dʒok〕*v.* 開玩笑　　awful〔'ɔful〕*adj.* 極糟的
  special effect 特效　　laughable〔'læfəbl̩〕*adj.* 可笑的
  plot〔plɑt〕*n.* 劇情　　demand〔dɪ'mænd〕*v.* 要求
  completely〔kəm'plitlɪ〕*adv.* 完全地　　awesome〔'ɔsəm〕*adj.* 很棒的

2 - 12 新中檢初試測驗 ② 教師手冊

stroke〔strok〕*n.* 擊球；打法　　folk〔fok〕*n.* 人
different strokes for different folks 人各有所好
admit〔əd'mɪt〕*v.* 承認　　pretty〔'prɪtɪ〕*adv.* 相當地
harsh〔hɑrʃ〕*adj.* 嚴厲的　　critic〔'krɪtɪk〕*n.* 批評家
sci-fi〔'saɪ'faɪ〕*n.* 科幻小說（= *science fiction*）
horror〔'hɔrɚ〕*n.* 恐怖　　film〔fɪlm〕*n.* 電影；影片
discuss〔dɪ'skʌs〕*v.* 討論　　neither〔'niðɚ〕*pron.*（兩者之中）無一個
mutual〔'mjutʃuəl〕*adj.* 共有的　　program〔'progræm〕*n.* 程式

38.（**A**）男：嘿，伊蓮，放輕鬆。慢慢來。妳把油漆濺的到處都是。
　　　　女：有什麼差別嗎？地板上有鋪塑膠膜。
　　　　男：是沒錯，但每個人踩到油漆後，屋子裡就印得到處都有痕跡。
　　　　女：我只是想盡快把這件事做完。如果我做事有點草率，真是對不起。
　　　　男：為什麼要這麼急？妳知道這只是第一層油漆，對吧？
　　　　女：什麼？！
　　　　男：妳從來都沒有漆過室內嗎？
　　　　女：沒有，這是我第一次。
　　　　問：為什麼這位男士叫這位女士要「放輕鬆」？
　　　　A. 她把屋內弄的一團糟。　　　B. 她太嚴肅了。
　　　　C. 他工作太努力了。　　　　　D. 他無法趕上她。

* take it easy 放輕鬆　　***slow down*** 慢一點；慢慢來
splash〔splæʃ〕*v.* 濺；潑　　paint〔pent〕*n.* 油漆；塗料　*v.* 油漆；粉刷
difference〔'dɪfərəns〕*n.* 差異　　floor〔flor〕*n.* 地板
be covered with 被…覆蓋　　plastic〔'plæstɪk〕*adj.* 塑膠的
sheeting〔'ʃitɪŋ〕*n.* 薄膜；薄板　　step〔stɛp〕*v.* 踩踏
track〔træk〕*v.* 在…留下足跡　　simply〔'sɪmplɪ〕*adv.* 僅僅；只不過
as soon as possible 盡快　　sloppy〔'slɑpɪ〕*adj.* 草率的
rush〔rʌʃ〕*n.* 匆忙　　***What's the rush?*** 為什麼這麼急？
coat〔kot〕*n.*（油漆的）一層　　interior〔ɪn'tɪrɪɚ〕*n.* 室內
mess〔mɛs〕*n.* 亂七八糟　　***make a mess*** 弄得亂七八糟
serious〔'sɪrɪəs〕*adj.* 嚴肅的　　***keep up with*** 跟上

39.（**B**）女：你這個包包真是有趣。
　　　　男：謝謝。這是腳踏車送貨員用的。

女：我喜歡這個帶子繞過你肩膀的背法。它看起來非常牢固。

男：沒錯。它背起來很舒服而且很方便。

女：你在哪裡買的？

男：在韋伯斯特街上，有一家賣這個牌子的腳踏車店，但我最近在一般的百貨公司也有看到其他牌子的。我想這種包包快要變成一種時尚流行了。

女：嗯，看起來真的很酷。

問：這位男士的包包在哪裡買的？

A. 百貨公司。　　　　　　　　　B. <u>腳踏車店。</u>

C. 跟一位腳踏車送貨員買的。　　D. 在路上發現的。

* interesting〔ˋɪntrɪstɪŋ〕*adj.* 有趣的
　messenger〔ˋmɛsndʒɚ〕*n.* 送信者；信差
　strap〔stræp〕*n.* 帶子　　shoulder〔ˋʃoldɚ〕*n.* 肩膀
　secure〔sɪˋkjur〕*adj.* 牢固的　　comfortable〔ˋkʌmfətəbḷ〕*adj.* 舒服的
　convenient〔kənˋvinjənt〕*adj.* 方便的
　particular〔pɚˋtɪkjəlɚ〕*adj.* 特定的　　brand〔brænd〕*n.* 品牌
　regular〔ˋrɛgjəlɚ〕*adj.* 一般的；普通的　***department store*** 百貨公司
　lately〔ˋletlɪ〕*adv.* 最近；不久前　***catch on*** 流行
　fashion〔ˋfæʃən〕*n.* 時尚　　trend〔trɛnd〕*n.* 趨勢；傾向
　pretty〔ˋprɪtɪ〕*adv.* 相當；頗

40.(**C**) 男：露西，運氣不好。我原本真的認為你們今天可以贏的。

女：文森，我也是。我們投了最後一球，但不幸地，那球沒有進。

男：我想，這就是生活，常常會有無法掌控的事發生。不過你們很努力。

女：我必須要稱讚另外一支隊伍。他們打的很認真，也都有好好利用我們失誤的機會。他們的防禦是我們今年看過最好的了。

男：今晚有很多選手都非常有才能。很可惜有一隊必須輸。

問：露西最有可能是打哪一種球？

A. 網球。　　　　　　　　　　B. 棒球。

C. <u>籃球。</u>　　　　　　　　　　D. 高爾夫球。

* tough〔tʌf〕*adj.* 壞的；不好的　　break〔brek〕*n.* 運氣
　pull it off 成功完成某件有難度的事　　shot〔ʃɑt〕*n.* 投籃

That's the way the ball bounces. 這就是生活，

常會有無法掌控的事發生。　　　　bounce〔baʊns〕*v.* 反彈；彈起

effort〔'ɛfət〕*n.* 盡力；努力　　　though〔ðo〕*adv.* 不過；可是

credit〔'krɛdɪt〕*n.* 功勞；榮譽　　***give credit to*** 稱讚…

fight〔faɪt〕*v.* 奮鬥　　　hard〔hɑrd〕*adv.* 努力地；拼命地

take advantage of 利用　　　defense〔dɪ'fɛns〕*n.* 防禦

talent〔'tælənt〕*n.* 有才能的人【集合名詞，不可數】

out there 在外面；在那裡

41. (**B**) 男：珍妮，我要下班了。我走之前，妳有任何需要的東西嗎？

女：沒有，約翰。我很好。

男：很好。嗯，明天見。

女：祝你有個美好的夜晚。噢，在我忘記之前，會議室明天早上要
　　開會的東西都已經準備好了嗎？

男：是的。所有都準備好了。

女：你知道，上次我無法用投影機在螢幕上顯示我的圖片。

男：我修理好了。妳應該不會有任何問題了。

女：約翰，謝謝你。

問：這位女士最有可能要在會議室做什麼？

A.　做筆記。　　　　　　　　　B.　上台報告。

C.　敬酒。　　　　　　　　　　D.　發咖啡和酥皮點心。

*　**conference room*** 會議室　　***set up*** 準備布置

projector〔prə'dʒɛktə〕*n.* 投影機　　display〔dɪ'sple〕*v.* 顯示

image〔'ɪmɪdʒ〕*n.* 圖像；影像　　screen〔skrin〕*n.* 螢幕

fix〔fɪks〕*v.* 修理　　***give a presentation*** 上台報告

make a toast 敬酒　　pastry〔'pestrɪ〕*n.* 酥皮點心

42. (**A**) 女：凱文，你知道什麼好的法律事務所嗎？

男：當然，貝蒂。我的律師跟強森及皮爾斯一起工作。我非常推
　　薦他們。

女：你知道他們會處理交通違規的案件嗎？

男：他們會。如果妳不介意我問的話，妳找律師要做什麼？

女：不是我要找的。是我的朋友，蘇珊。她因為酒駕而被拘留了。

男：我了解了。聽到這個消息我很遺憾。嗯，這是我律師的名片。

　　　　布萊德・沃克。請蘇珊打給他，他就會開始接手負責的。

問：誰需要律師？

A. 蘇珊。　　　　　　　　　　B. 貝蒂。

C. 強森及皮爾斯。　　　　　　D. 布萊德・沃克。

* *law firm* 法律事務所　　attorney〔ə'tɝnɪ〕*n.* 律師
　highly〔'haɪlɪ〕*adv.* 非常；很　recommend〔ˌrɛkə'mɛnd〕*v.* 推薦
　deal with 處理　　violation〔ˌvaɪə'leʃən〕*n.* 違反；違規
　traffic violation 交通違規　　lawyer〔'lɔjɚ〕*n.* 律師
　arrest〔ə'rɛst〕*v.* 逮捕；拘留　　*business card*（商務）名片

43. (**C**)　女：你又開始喝酒了嗎？

　　　男：只有啤酒和葡萄酒。

　　　女：關於這件事，醫生和你說了什麼？

　　　男：啊，我知道。但我已經三個月沒有碰烈酒了。

　　　女：依照你的情況。一杯酒也嫌多。

　　　男：不管怎樣。這是我的人生。我要照我想要的方式來過我的生活。

　　　女：我不會在你的喪禮上爲你流淚的。

　　　問：這位女士覺得什麼對這位男士的健康特別不好？

　　　A. 壓力。　　　　　　　　B. 香菸。

　　　C. 酒精。　　　　　　　　D. 垃圾食物。

　* beer〔bɪr〕*n.* 啤酒　　wine〔waɪn〕*n.* 葡萄酒
　　hard stuff 烈酒　　condition〔kən'dɪʃən〕*n.*（健康等）狀態
　　whatever〔hwɑt'ɛvɚ〕*pron.* 不管什麼　　funeral〔'fjunərəl〕*n.* 喪禮
　　stress〔strɛs〕*n.* 壓力　　tobacco〔tə'bæko〕*n.* 菸草
　　alcohol〔'ælkəˌhɔl〕*n.* 酒精　　*junk food* 垃圾食物

44. (**C**)　男：不管我做什麼，珊朵拉似乎總會對我做的事有所批評。

　　　女：她只是想試著有建設性一點，麥克。她這麼說並沒有要針對什
　　　　　麼。

　　　男：她不一樣。我真的認爲她單純就是討厭我。

　　　女：噢，別這樣。這都是你自己想像的啦。

　　　男：我是說真的。我有試著要對她好一點，但她總是對我很冷漠，
　　　　　輕視我。

女：麥可，給她點時間吧。她的態度會改變的。你才認識她幾個禮拜而已。

問：麥可和珊朵拉之間發生了什麼問題？

A. 他單純不喜歡她。 　　　　B. 他不能理解她所說的話。

C. <u>她一直批評他。</u> 　　　　D. 她從不正視他。

* ***no matter*** 無論　　negative〔ˋnɛgətɪv〕adj. 負面的；消極的
constructive〔kənˋstrʌktɪv〕adj. 建設性的；有助益的
imagine〔ɪˋmædʒɪn〕v. 想像　　***I mean it.*** 我是認真的；我是說真的。
cold〔kold〕adj. 冷淡的　　dismissive〔dɪsˋmɪsɪv〕adj. 表示輕視的
come around 讓步；改變立場
constantly〔ˋkɑnstəntlɪ〕adv. 不斷地；時常地
criticize〔ˋkrɪtə‚saɪz〕v. 批評　　***look*** *sb.* ***in the eye*** 正視（某人）

45. (**A**) 女：培根起士蛋捲聽起來不錯。你覺得怎樣？
男：我想要草莓法式吐司。
女：我就知道！你有點過任何其他的嗎？
男：這裡沒有。他們做的法式吐司是我吃過最好吃的了。
女：藍莓鬆餅也很棒。我上次來的時候有吃。但份量很多。我幾乎吃不完。
男：我的餐點不會有任何東西剩下來，我可以保證。
女：服務生來了。

問：關於說話者下列敘述何者正確？

A. <u>他們之前都有來這家餐廳吃過。</u>

B. 他們都會點培根起士蛋捲。

C. 他們之前都沒來過這家餐廳。

D. 他們都沒有吃過法式吐司。

* bacon〔ˋbekən〕n. 培根；鹹豬肉　　cheese〔tʃiz〕n. 起士
omelet〔ˋɑmlɪt〕n. 煎蛋捲　　***French toast*** 法式吐司
strawberry〔ˋstrɔ‚bɛrɪ〕n. 草莓　　order〔ˋɔrdɚ〕v. 點（菜或飲料）
blueberry〔ˋblu‚bɛrɪ〕n. 藍莓　　pancake〔ˋpæn‚kek〕n. 鬆餅
portion而〔ˋporʃən〕n.（食物的）（一人的）份量
enormous〔ɪˋnɔrməs〕adj. 巨大的　　guarantee〔‚gærənˋti〕v. 保證

二、閱讀能力測驗

第一部份：詞彙和結構

1. (**B**) 我的時間很<u>寶貴</u>。請不要浪費它。
   - (A) prejudice〔'prɛdʒədɪs〕*n.* 偏見
   - (B) ***precious***〔'prɛʃəs〕*adj.* 寶貴的
   - (C) pretend〔prɪ'tɛnd〕*v.* 假裝
   - (D) present〔'prɛznt〕*adj.* 出席的；現在的
   - * waste〔west〕*v.* 浪費

2. (**A**) 如果你提早結束，請<u>安靜地</u>離開房間。
   - (A) ***quietly***〔'kwaɪətlɪ〕*adv.* 安靜地
   - (B) boldly〔'boldlɪ〕*adv.* 大膽地
   - (C) madly〔'mædlɪ〕*adv.* 瘋狂地
   - (D) actually〔'æktʃʊəlɪ〕*adv.* 事實上
   - * finish〔'fɪnɪʃ〕*v.* 結束　　leave〔liv〕*v.* 離開

3. (**B**) 中華航空公司的<u>報到</u>櫃台在哪裡呢？
   - (A) check-up 檢查　　　　　(B) ***check-in*** 報到；登機手續
   - (C) check-out 退房　　　　　(D) check-on 調查
   - * counter〔'kaʊntɚ〕*n.* 櫃台　　***China Airlines*** 中華航空公司

4. (**C**) 如果你對服務的水準不滿意，<u>或許</u>你應該向管理部門抱怨。
   - (A) lately〔'letlɪ〕*adv.* 最近　　(B) since〔sɪns〕*conj.* 自從
   - (C) ***maybe***〔'mebɪ〕*adv.* 或許　(D) almost〔'ɔl,most〕*adv.* 幾乎
   - * satisfied〔'sætɪs,faɪd〕*adj.* 滿意的＜ *with* ＞　　level〔'lɛvl〕*n.* 水準
     service〔'sɝvɪs〕*n.* 服務　　complain〔kəm'plen〕*v.* 抱怨
     management〔'mænɪdʒmənt〕*n.* 管理　　***the management*** 管理部門

5. (**D**) 你哥哥<u>告訴</u>我們的公園在哪裡呢？
   - (A) around〔ə'raʊnd〕*prep.* 在周圍
   - (B) across〔ə'krɔs〕*prep.* 越過
   - (C) abound〔ə'baʊnd〕*v.* 充滿
   - (D) ***about***〔ə'baʊt〕*prep.* 關於

6. (**D**) 這些購物中心在假日週末總是<u>擁擠的</u>。
    (A) crush〔krʌʃ〕*v.* 壓扁；壓碎
    (B) crouch〔kraʊtʃ〕*v.* 蹲伏；躬身
    (C) crooked〔'krʊkɪd〕*adj.* 不誠實的
    (D) ***crowded***〔'kraʊdɪd〕*adj.* 擁擠的
    * mall〔mɔl〕*n.* 購物中心　　holiday〔'hɑlə,de〕*n.* 假日

7. (**A**) 在考慮過這些風險之後，我們決定不要<u>投資</u>股票市場。
    (A) ***invest***〔ɪn'vɛst〕*v.* 投資
    (B) lounge〔laʊndʒ〕*v.* 懶散地靠著 < *over* >
    (C) walk past　走過　　　　(D) rely on　依賴
    * consider〔kən'sɪdɚ〕*v.* 考慮　　risk〔rɪsk〕*n.* 風險
    stock〔stɑk〕*n.* 股票　　***stock market***　股票市場

8. (**D**) 這艘船長度<u>有</u>四十公尺。
    表示某物「有…多長」，英文可用…long 或…*in* length。
    * meter〔'mitɚ〕*n.* 公尺　　length〔lɛŋθ〕*n.* 長度

9. (**C**) 這就是我們見面<u>的地方</u>。
    place 為地點，且空格後為完整子句，故應選表「地點」的關係副
    詞，選 (C) ***where***。

10. (**B**) 西歐多爾<u>無疑地</u>是我見過最好笑的人。
    (A) result〔rɪ'zʌlt〕*n.* 結果　　　as a result　因此
    (B) ***doubt***〔daʊt〕*n.* 懷疑　　***without a doubt***　無疑地
    (C) exception〔ɪk'sɛpʃən〕*n.* 例外　　with exception　有例外
    (D) including〔ɪn'kludɪŋ〕*prep.* 包括

11. (**D**) 對於你曾給我的協助我真的<u>感激不盡</u>。
    can't thank *sb.* ***enough***　對某人感激不盡

12. (**B**) 李察的情緒擺盪很激烈。<u>有時候</u>，他人很好，但有時候就完全是個
    暴君。
    (A) eventually〔ɪ'vɛntʃʊəlɪ〕*adv.* 最後

(B) *at times* 有時候（= *sometimes*）

(C) nevertheless〔͵nɛvəðə'lɛs〕*adv.* 然而

(D) whenever〔hwɛn'ɛvə〕*adv.* 無論何時

* mood〔mud〕*n.* 情緒　　swing〔swɪŋ〕*v.* 擺盪
wildly〔'waɪldlɪ〕*adv.* 瘋狂地；激烈地
complete〔kəm'plit〕*adj.* 完全的　　tyrant〔'taɪrənt〕*n.* 暴君

13. (**C**) 附近有些<u>令人不安的</u>施工噪音。

(A) disturbed〔dɪ'stɝbd〕*adj.* 感到不安的【形容人】

(B) disturb〔dɪ'stɝb〕*v.* 使不安

(C) *disturbing*〔dɪ'stɝbɪŋ〕*adj.* 令人不安的【形容非人】

(D) disturbingly〔dɪ'stɝbɪŋlɪ〕*adv.* 令人不安地

* amount〔ə'maunt〕*n.* 數量　　construction〔kən'strʌkʃən〕*n.* 施工
neighborhood〔'nebə͵hud〕*n.* 附近　　*in the neighborhood* 在附近

14. (**C**) <u>幾乎</u>我提出的每個建議都被委員會摒棄了。

(A) quite〔kwaɪt〕*adv.* 相當地　　(B) rarely〔'rɛrlɪ〕*adv.* 很少

(C) *nearly*〔'nɪrlɪ〕*adv.* 幾乎　　(D) since〔sɪns〕*conj.* 自從

* suggestion〔səg'dʒɛstʃən〕*n.* 建議
dismiss〔dɪs'mɪs〕*v.* 摒棄　　committee〔kə'mɪtɪ〕*n.* 委員會

15. (**A**) 最後一個用烤箱<u>的人</u>，忘記把它關掉。

空格為複合關代，引導名詞子句作主詞，依句意指的是「人」，
選 (A) *Whoever*「～的人」。

* oven〔'ʌvən〕*n.* 烤箱　　*turn off* 關掉

第二部份：段落填空

<u>第 16 至 20 題</u>

　　冬天是台灣的溫泉季，在這段時間，<u>當</u>觀光客和當地居民為了逃離冬日的
　　　　　　　　　　　　　　　　　16
寒冷和下雨，會享受<u>沉浸</u>在遍佈台灣各地的自然水浴中。北投，位於台北市以
　　　　　　　17
北幾分鐘車程，<u>或許</u>是北台灣最有名的溫泉目的地，有數十個三溫暖和度假村
　　18

可供選擇。在台北以南一個小時的地方，位於新北市山區中的烏來也是當地溫
<u>　　　</u>
  19

泉狂熱者之間最愛的地點。每年冬天，數十萬人都會到那裡的溫泉，洗去多日
             20

的憂鬱。

    * spring〔sprɪŋ〕*n.* 泉　　***hot spring*** 溫泉　　season〔'sizn̩〕*n.* 季節

       tourist〔'turɪst〕*n.* 觀光客　　resident〔'rɛzədənt〕*n.* 居民

       escape〔ə'skep〕*v.* 逃離　　natural〔'nætʃərəl〕*adj.* 自然的

       bath〔bæθ〕*n.* 沐浴　　***all over*** 遍佈　　island〔'aɪlənd〕*n.* 島嶼

       locate〔lo'ket〕*v.* 位於　　***a few*** 幾個　　***north of~*** 在~以北

       northern〔'nɔrðən〕*adj.* 北部的　　destination〔,dɛstə'neʃən〕*n.* 目的地

       dozens of 數打的；數十個　　spa〔spɑ〕*n.* 三溫暖

       resort〔rɪ'zɔrt〕*n.* 休閒勝地　　***in the mountains of~*** 在~的山區中

       favorite〔'fevərɪt〕*adj.* 最愛的　　spot〔spɑt〕*n.* 地點

       local〔'lokl̩〕*adj.* 當地的　　enthusiast〔ɪn'θuzɪˌæst〕*n.* 狂熱者

       hundreds of thousands of 數十萬的　　blues〔bluz〕*n.* 憂鬱

16. (**A**)　空格前為 the time of year，且空格後為完整子句，故選和時間有關
         的關係副詞，選 (A) ***when*** 「當…的時候」。

17. (**A**)　(A) ***soak***〔sok〕*n.* 沉浸　　　　(B) sweat〔swɛt〕*n.* 汗水

          (C) stew〔stu〕*n.* 燉菜　　　　　(D) spin〔spɪn〕*n.* 旋轉

18. (**A**)　(A) ***perhaps***〔pə'hæps〕*adv.* 或許

          (B) since〔sɪns〕*adv.* 自從

          (C) almost〔'ɔlˌmost〕*adv.* 幾乎

          (D) quite〔kwaɪt〕*adv.* 相當

19. (**A**)　(A) ***to choose from*** 可供選擇　　(B) choice of… …的選擇

          (C) chosen by… 被…所選擇　　　(D) choose to… 選擇去…

20. (**D**)　(A) descent〔dɪ'sɛnt〕*n.* 降落

          (B) descend〔dɪ'sɛnd〕*v.* 降落　　descend from… 從…降落

          (C) descendant〔dɪ'sɛndənt〕*n.* 後裔；子孫

          (D) ***descend upon***… 降臨…；來訪；到達

第 21 至 25 題

　　艾德溫從小就開始打網球，但他從未想像過他<u>會被</u>一流的大學提供全額的
　　　　　　　　　　　　　　　　　　　　　　　　21

運動獎學金。在他高三那一年，艾德溫打球打得很好，<u>足以</u>符合州際錦標賽的
　　　　　　　　　　　　　　　　　　　　　　　　22

資格，但他不<u>被預期</u>晉級過第二回合。然而，艾德溫<u>一路持續</u>表現優異，在他
　　　　　　23　　　　　　　　　　　　　　　　24

贏得州冠軍的路上，擊敗了所有七名挑戰者。因此，艾德溫<u>被認為</u>是國內一流
　　　　　　　　　　　　　　　　　　　　　　　　　　　25

的好手之一。很快地，艾德溫獲得獎學金提供，到以網球成績聞名的大學，例

如：史丹佛、德州農工、杜克和俄亥俄州立大學來就讀。

> * tennis〔ˈtɛnɪs〕*n.* 網球　　imagine〔ɪˈmædʒɪn〕*v.* 想像
> offer〔ˈɔfɚ〕*v.* 提供　　full〔fʊl〕*adj.* 全額的
> athletic〔æθˈlɛtɪk〕*adj.* 運動的　　scholarship〔ˈskɑlɚˌʃɪp〕*n.* 獎學金
> major〔ˈmedʒɚ〕*adj.* 一流的　　***senior year of high school*** 高三或國三
> qualify〔ˈkwɑləˌfaɪ〕*v.* 符合資格　　state〔stet〕*n.* 州
> tournament〔ˈtɝnəmənt〕*n.* 錦標賽　　advance〔ədˈvæns〕*v.* 晉級
> beyond〔bɪˈjɑnd〕*adv.* 超過　　round〔raʊnd〕*n.* 回合
> remarkable〔rɪˈmɑrkəbl̩〕*adj.* 驚人的；優異的　　run〔rʌn〕*n.* 走向
> defeat〔dɪˈfit〕*v.* 擊敗　　challenger〔ˈtʃælɪndʒɚ〕*n.* 挑戰者
> ***on*** one's ***way to*** ⋯ 在某人去⋯的路上　　title〔ˈtaɪtl̩〕*n.* 冠軍
> ***as a result*** 因此　　player〔ˈpleɚ〕*n.* 選手
> nation〔ˈneʃən〕*n.* 國家　　soon〔sun〕*adv.* 很快地
> powerhouse〔ˈpaʊɚˌhaʊs〕*n.* 強大的集團（或組織）

21.（ **C** ）依句意，「會被」選 (C) ***would be***，其他選項皆不合句意。

22.（ **C** ）(A) as much　一樣多　　　　　　(B) almost〔ˈɔlˌmost〕*adv.* 幾乎
　　　　　　(C) ***enough***〔əˈnʌf〕*adv.* 足以
　　　　　　(D) done〔dʌn〕*v.* 做

23.（ **A** ）(A) ***expect***〔ɪkˈspɛkt〕*v.* 預期
　　　　　　(B) contract〔kənˈtrækt〕*v.* 感染；收縮　〔ˈkɑntrækt〕*v.* 訂契約
　　　　　　(C) affect〔əˈfɛkt〕*v.* 影響
　　　　　　(D) reject〔rɪˈdʒɛkt〕*v.* 拒絕

24. (**C**)　(A) go to　前往　　　　　　(B) go for　努力爭取
　　　　　　(C) ***go on***　繼續　　　　　(D) go by　經過

25. (**C**)　(A) confuse〔kənˋfjuz〕v. 使困惑
　　　　　　(B) contact〔ˋkɑntækt〕v. 聯絡
　　　　　　(C) ***consider***〔kənˋsɪdɚ〕v. 認爲
　　　　　　(D) continue〔kənˋtɪnju〕v. 繼續

第三部份：閱讀理解

第 26 至 29 題

> ### K 飯店
> ### 台北
>
> #### 泰國美食節
> #### 即日起至六月十三日止
>
> 　　爲了慶祝泰國新年，K 飯店已經籌劃了爲期一個月的活動，包括泰式料理、傳統舞蹈、烹飪課，還有機會贏得中華航空到曼谷的機票，以及其他一系列的獎品。
>
> 　　活動從今天開始直到六月十三日止，菜單包含了冷豬肉、咖哩螃蟹、鳳梨飯、炒麵、鹹魚和芥藍菜、煎魚肉餅、香蕉餡油炸餅和椰子蛋糕。
>
> 　　傳統泰式舞蹈表演將於每週六舉辦，烹飪課每天下午四點都會在豪華 K 中庭舞廳舉行。
>
> 　　　　預約請打 (02) 222-1238

* Thai〔taɪ〕*adj.* 泰國的；泰式的　　festival〔ˋfɛstəvl̩〕*n.* 節慶
until〔ʌnˋtɪl〕*prep.* 直到　　celebrate〔ˋsɛləˌbret〕*v.* 慶祝
organize〔ˋɔrgənˌaɪz〕*v.* 籌劃　　cuisine〔kwɪˋzin〕*n.* 菜餚
traditional〔trəˋdɪʃənl̩〕*adj.* 傳統的　　cookery〔ˋkukərɪ〕*n.* 烹調法

Bangkok〔'bæŋkɑk 〕*n.* 曼谷　　***China Airlines*** 中華航空

as well as 還有　　range〔 rendʒ 〕*n.* 排列；範圍　　***a range of*** 一系列的

prize〔 praɪz 〕*n.* 獎品　　event〔 ɪ'vɛnt 〕*n.* 活動

run〔 rʌn 〕*v.* 進行；持續　　menu〔'mɛnju 〕*n.* 菜單

pork〔 pɔrk 〕*n.* 豬肉　　curried〔'kɝɪd 〕*adj.* 用咖哩烹調的

crab〔 kræb 〕*n.* 螃蟹　　fried〔 fraɪd 〕*adj.* 煎的；炒的

broccoli〔'brɑkəlɪ 〕*n.* 綠花椰菜　　***Chinese broccoli*** 芥藍菜

fish cake 煎魚肉餅　　fritter〔'frɪtɚ 〕*n.* 果肉餡油炸餅

coconut〔'kokənət 〕*n.* 椰子　　hold〔 hold 〕*v.* 舉辦

daily〔'delɪ 〕*adj.* 每天的　　grand〔 grænd 〕*adj.* 豪華的

atrium〔'etrɪəm 〕*n.* 中庭　　ballroom〔'bɔl‚rum 〕*n.* 舞廳

reservation〔‚rɛzɚ'veʃən 〕*n.* 預約

26. (**C**) 你能如何預約？

(A) 在門口。　　　　　　(B) 在網路上。

(C) 透過電話。　　　　　(D) 跟舞者們。

27. (**B**) 下列何者沒有出現在菜單上？

(A) 咖哩螃蟹。　　　　　(B) 燒烤豬肉。

(C) 芥藍菜。　　　　　　(D) 椰子蛋糕。

* barbecued〔'bɑrbɪ‚kjud 〕*adj.* 燒烤的

28. (**A**) 這則通知的目的為何？

(A) 宣布一場文化活動。

(B) 宣布泰國新年的開始。

(C) 宣布管理的改變。

(D) 宣布一間新飯店的開幕。

* management〔'mænɪdʒmənt 〕*n.* 管理　　opening〔'opənɪŋ 〕*n.* 開幕

29. (**D**) 根據這則通知，下列何者不會出現在活動中？

(A) 泰式料理。　　　　　(B) 泰國舞者。

(C) 泰式烹飪課。　　　　(D) 泰國外交官。

* diplomat〔'dɪplə‚mæt 〕*n.* 外交官

第 30 至 32 題

> 　　中國努力想讓通貨膨脹慢下來，還有停止國內的信貸流動，在星期四時皆嚴重受挫，當時資料顯示，上個月新的貸款有出乎意料的上升。中國人民銀行在一份聲明中提到，中國的外匯存底——已是世界最高——同時也創下了記錄新高，五月底時高達三兆美元，比起去年提升了百分之 25。
>
> 　　儘管利率數度攀升，還有可運用的信用額度減少，中國的銀行在五月還是借出了美金 1,050 億元。

* effort〔ˈɛfət〕*n.* 努力　　rein〔ren〕*v.* 駕馭　　***rein in*** … 使…慢下來
inflation〔ɪnˈfleʃən〕*n.* 通貨膨脹　　flow〔flo〕*n.* 流動
credit〔ˈkrɛdɪt〕*n.* 信貸　　blow〔blo〕*n.* 打擊　　***take a blow*** 受挫
unexpected〔ˌʌnɪkˈspɛktɪd〕*adj.* 出乎意料的　　rise〔raɪz〕*n.* 上升
loan〔lon〕*n.* 貸款　　foreign〔ˈfɔrɪn〕*adj.* 外國的
exchange〔ɪksˈtʃendʒ〕*n.* 匯兌；匯率　　reserve〔rɪˈzɝv〕*n.* 儲存
foreign exchange reserve 外匯存底　　record〔ˈrɛkəd〕*adj.* 破記錄的
hit a record high 創記錄新高　　trillion〔ˈtrɪljən〕*n.* 一兆
People's Bank of China 中國人民銀行　　statement〔ˈstetmənt〕*n.* 聲明
lend〔lɛnd〕*v.* 借出　　billion〔ˈbɪljən〕*n.* 十億
despite〔dɪˈspaɪt〕*prep.* 儘管　　interest〔ˈɪntrɪst〕*n.* 利息
rate〔ret〕*n.* 比率　　***interest rate*** 利率　　hike〔haɪk〕*n.* 攀升
available〔əˈveləbḷ〕*adj.* 可獲得的；可運用的

30. (**C**) 本文的最佳標題為？
    (A) 失控的通貨膨脹威脅美國經濟。
    (B) 中國用盡外匯存底。　　　　(C) 中國借貸超乎預期。
    (D) 信用控制平息沸騰的中國經濟。

    * runaway〔ˈrʌnəˌwe〕*adj.* 失控的　　threaten〔ˈθrɛtṇ〕*v.* 威脅
    economy〔ɪˈkɑnəmɪ〕*n.* 經濟　　***run out of*** 用盡
    calm〔kɑlm〕*v.* 平息　　boiling〔ˈbɔɪlɪŋ〕*adj.* 沸騰的

31. (**A**) 關於中國外匯存底何者為真？
    (A) 它們是全世界最大的。　　　　(B) 它們根據貸款利率來被課稅。

(C) 它們被要求持有一個月。　　(D) 它們在五月時創歷史新低。

　　* tax〔tæks〕v. 課稅　　require〔rɪ'kwaɪr〕v. 要求

32. (**B**) 中國試圖要讓什麼「慢下來」？

　　(A) 新的建築計畫。　　　　　(B) 通貨膨脹。

　　(C) 外匯存底。　　　　　　　(D) 利率。

　　* construction〔kən'strʌkʃən〕n. 建築　　project〔'prɑdʒɛkt〕n. 計畫

第 33 至 35 題

主旨：裁員

日期：7/7

來自：cougar_paws@mymail.com

傳給：nambla king@boysandmen.org

喬治：

　　我很抱歉，在你度假時打擾你，但最近有一些發展需要你即刻關注。

　　繼昨晚的董事會會議之後，委員會已經決定要繼續進行，之前計畫好在行銷和流通中心的裁員。我們考慮的大約是 50 到 75 份工作。我知道你想留住特定的員工，因此我決定提早通知你。

　　同時，委員會也通過一項決議。他們打算雇用外面的顧問公司。這點我想你知道，考量到我們現今在公司的職位，不是我們（你和我）想要發生的。在這件事情失控前，我認為你和我需要想出另一個替代策略，如果需要的話，我可以在緊急會議當中呈交給董事會。

　　希望你好好享受你的假期。請儘快回信。

　　　　　　　　　　　　　　　　　　　　　　艾琳

　　* subject〔'sʌbdʒɪkt〕n. 主旨　　layoff〔'le,ɔf〕n. 裁員
　　cougar〔'kugɚ〕n. 美洲獅　　paw〔pɔ〕n. 腳掌
　　bother〔'bɑðɚ〕v. 打擾　　*a couple of* 幾個　　recent〔'risn̩t〕adj. 最近的
　　development〔dɪ'vɛləpmənt〕n. 進展　　immediate〔ɪ'midɪɪt〕adj. 即刻的

attention〔ə'tɛnʃən〕n. 關注　　follow〔'falo〕v. 在…之後

board〔bord〕n. 董事會　　***board meeting*** 董事會會議

committee〔kə'mɪtɪ〕n. 委員會　　***go ahead with*** 繼續進行

marketing〔'markɪtɪŋ〕n. 行銷　　distribution〔ˌdɪstrə'bjuʃən〕n. 流通

specific〔spɪ'sɪfɪk〕adj. 特定的　　retain〔rɪ'ten〕v. 保留

therefore〔'ðɛr͵for〕adv. 因此　　heads-up〔hɛds͵ʌp〕n. 通知；提醒

meanwhile〔'min͵hwaɪl〕adv. 在這期間　　pass〔pæs〕v. 通過

resolution〔ˌrɛzə'luʃən〕n. 決議　　effectively〔ə'fɛktɪvlɪ〕adv. 有效地

intend〔ɪn'tɛnd〕v. 打算　　hire〔haɪr〕v. 雇用

consulting〔kən'sʌltɪŋ〕n. 顧問　　firm〔fɜm〕n. 公司

aware〔ə'wɛr〕adj. 知道的　　happen〔'hæpən〕v. 發生

considering〔kən'sɪdərɪŋ〕prep. 考量到　　current〔'kɜənt〕adj. 現今的

position〔pə'zɪʃən〕n. 職位　　spin〔spɪn〕v. 旋轉

out of control 失控　　***come up with*** 想出

alternative〔ɔl'tɜnətɪv〕adj. 替代的　　strategy〔'strætədʒɪ〕n. 策略

present〔prɪ'zɛnt〕v. 呈交　　emergency〔ɪ'mɜdʒənsɪ〕n. 緊急情況

if need be 如果需要的話（= *if necessary* = *if it is necessary*）

ASAP 儘快　　***get back to*** *sb.* 回覆給某人；回信給某人

33. (**C**) 艾琳寫這封電子郵件的主要原因為何？

　　(A) 討論喬治的假期計畫。　　(B) 和董事會成員安排一場會議。

　　(C) 警告喬治最近的發展。　　(D) 詢問喬治現在的職位。

　　* schedule〔'skɛdʒul〕v. 安排　　warn〔wɔrn〕v. 警告
　　inquire〔ɪn'kwaɪr〕v. 詢問

34. (**C**) 艾琳和喬治之間的關係最有可能是？

　　(A) 鄰居。　　(B) 兄弟姐妹。　　(C) 同事。　　(D) 情人。

　　* neighbor〔'nebɚ〕n. 鄰居　　sibling〔'sɪblɪŋ〕n. 兄弟姊妹；手足
　　co-worker〔ko'wɜkɚ〕n. 同事

35. (**D**) 什麼是艾琳和喬治不想發生的？

　　(A) 管理部門的裁員。　　(B) 延長的假期。

　　(C) 管理階層的加薪。　　(D) 雇用外面的一家顧問公司。

　　* extended〔ɪk'stɛndɪd〕adj. 延長的　　pay〔pe〕n. 薪水
　　raise〔rez〕n. 加薪　　executive〔ɪg'zɛkjutɪv〕n. 管理者

第 36 至 38 題

輝煌四電影院

七月四日至十一日的電影放映時間

所有的戲院都裝有 Dolby® THX 環繞音效系統	
史瑞克 9	3:30, 5:45, 7:00, 9:15, 11:30*
五千壯士	3:20, 5:00, 6:50, 9:00, 10:50*
安妮拿起妳的 AK-47	4:00, 7:00, 10:00*, 12:00*
哈利波特的泡泡派對	4:15*, 6:15, 8:15*, 10:15, 12:15*
折價券、折扣票還有促銷的通行證，只在標記有 * 的時段才能接受。	

售票處和網路皆有售票，在：

http://www.majestic4.com/tickets

成人和超過 12 歲的孩童：$15.75

12 歲以下的孩童：$11.75

---

* majestic〔mə'dʒɛstɪk〕*adj.* 輝煌的　　cinema〔'sɪnəmə〕*n.* 電影院
  equip〔ɪ'kwɪp〕*v.* 裝備　***Surround Sound System*** 環繞音效系統
  bubble〔'bʌbḷ〕*n.* 泡泡　　coupon〔'kupɑn〕*n.* 折價券
  discount〔'dɪskaʊnt〕*n.* 折扣　promotional〔prə'moʃənḷ〕*adj.* 促銷的
  pass〔pæs〕*n.* 通行證　accept〔ək'sɛpt〕*v.* 接受
  available〔ə'veləbḷ〕*adj.* 可買到的　***box office*** 售票處

36.（**C**）哪部電影的上映場次最少？
　　(A) 哈利波特的泡泡派對。　　(B) 五千壯士。
　　(C) 安妮拿起妳的 AK-47。　　(D) 史瑞克 9。
　　* time〔taɪm〕*n.* 次數

37.（**D**）哪一場的「五千壯士」你能夠使用促銷的通行證？
　　(A) 5:00。　　(B) 6:50。　　(C) 9:00。　　(D) 10:50。

38.（**D**）哪一部電影的放映時間最晚？
　　(A) 史瑞克 9。　　(B) 五千壯士。
　　(C) 安妮拿起妳的 AK-47。　　(D) 哈利波特的泡泡派對。

第 39 至 40 題

> ### 日本夏令營！
>
> 　　新地平線學校被認爲是東京以外的最佳目的地，能滿足 12 到 18 歲所有小孩的需求，想要改善日語，並且在一個完全沉浸的環境中體驗日本文化，同時還能玩得很愉快。我們有極好的設備，以及有經驗，且合格的老師和輔導員們，這就是今年夏天最好的去處。
>
> #### *暑期課程現在開放報名！*
>
> 我們提供了三種報名的方式：
>
> - 電洽我們的註冊辦公室：008-876-5432，分機 66。
> - 拜訪 http://www.newhorizonschool.com，線上提交您的申請。
> - 電子郵件請寄 frank@newhorizonschool.com，標題寫「報名」。

　　* horizon〔hə'raɪzn〕*n.* 地平線　　destination〔͵dɛstə'neʃən〕*n.* 目的地
　　cater〔'ketɚ〕*v.* 滿足需求 < *to* >　　···*years of age* ···歲
　　experience〔ɪk'spɪrɪəns〕*v.* 體驗　　immersion〔ɪ'mɝʃən〕*n.* 沉浸
　　setting〔'sɛtɪŋ〕*n.* 環境　　facility〔fə'sɪlətɪ〕*n.* 設施
　　experienced〔ɪk'spɪrɪənst〕*adj.* 有經驗的
　　qualified〔'kwɑlə͵faɪd〕*adj.* 合格的　　counselor〔'kaʊnslɚ〕*n.* 輔導員
　　registration〔͵rɛdʒɪ'streʃən〕*n.* 註冊；報名　　session〔'sɛʃən〕*n.* 課程
　　register〔'rɛdʒɪstɚ〕*v.* 註冊；報名　　submit〔səb'mɪt〕*v.* 繳交
　　application〔͵æplə'keʃən〕*n.* 申請　　heading〔'hɛdɪŋ〕*n.* 標題

39. (**A**) 這則通知的目的爲何？

　　(A) 宣布一個夏令營的開放報名。　　(B) 教育講日文的人。

　　(C) 預測一個小孩在夏令營中能有多少樂趣。

　　(D) 建議露營的人如何度過他們的時間。

　　* announce〔ə'naʊns〕*v.* 宣布　　educate〔'ɛdʒə͵ket〕*v.* 教育
　　predict〔prɪ'dɪkt〕*v.* 預測　　advise〔əd'vaɪz〕*v.* 建議

40. (**D**) 下列何者並非報名夏令營的方法？

　　(A) 拜訪網站。　　　　　　　　(B) 打給辦公室。

　　(C) 寄電子郵件給 Frank。　　　　(D) 拜訪學校。

中級英語檢定模擬試題 ③ 詳解

第一部份：看圖辨義

第一題和第二題，請看圖片 **A**。

1. (**C**) 關於漢堡樂園的敘述何者正確？

　　A. 它位於法國巴黎。　　　　B. 它只有提供漢堡。
　　C. 它禮拜天沒有營業。　　　D. 它供應早餐、午餐和晚餐。

　　* located〔loˈketɪd〕*adj.* 位於～的　　serve〔sɝv〕*v.* 供應
　　triple〔ˈtrɪpḷ〕*adj.* 三重的　　chili〔ˈtʃɪlɪ〕*n.* 辣椒
　　BLT 培根、萵苣、蕃茄三明治【全名為：bacon, lettuce, and tomato
　　sandwich】　　grilled〔grɪld〕*adj.* 火烤的

2. (**A**) 請再看圖片 **A**。安迪點了一個培根起士堡、小薯條還有小杯飲料，
　　他總共付了多少錢？

　　A. 八塊又六十七分。
　　B. 七塊又六十七分。
　　C. 八塊又六十八分。
　　D. 七塊又六十八分。

　　* bacon〔ˈbekən〕*n.* 培根
　　Fritos〔ˈfrɪtoz〕*n.* 弗利多薯片
　　fries〔fraɪz〕*n.* 炸薯條　　cent〔sɛnt〕*n.* 分　　chips〔tʃɪps〕*n.* 薯片
　　jalapeno〔ˌhɑləˈpenjo〕*n.* 墨西哥辣椒

第三題到第五題，請看圖片 B。

3. (**C**) 圖片中的女士在做什麼？

　　A. 她在掃地。
　　B. 他在做晚餐。
　　C. 她在洗碗。
　　D. 她在換燈泡。

　　* sweep〔swip〕*v.* 掃　　floor〔flor〕*n.* 地板；地面
　　wash the dishes 洗碗盤　　replace〔rɪˈples〕*v.* (用…) 替換
　　light bulb 燈泡

4. (**B**) 請再看圖片 B。圖片中湯米正在做什麼？

    A. 他正在伸手拿書。

    B. 他正站在一張凳子上面。

    C. 他正在看赫瑟爾洗澡。

    D. 他正在穿衣服。

    reach〔ritʃ〕v. 伸手觸及　***reach for*** 伸手去拿～
    on top of 在～上面　　stool〔stul〕n. 凳子
    take a bath 洗澡　　***get dressed*** 穿衣服

5. (**C**) 請再看圖片 B。關於這張照片，下列敘述何者正確？

    A. 窗戶是關著的。

    B. 餅乾罐放在櫃台上。

    C. 水槽的水流出來了。

    D. 孩子們正在玩遊戲。

    * jar〔dʒɑr〕n. (大口) 瓶、壺、甕　　counter〔ˈkaʊntɚ〕n. 櫃台；長台
    sink〔sɪŋk〕n. 水槽　　overflow〔ˌovɚˈflo〕v. (液體) 流出；外溢

第六題和第七題，請看圖片 C。

6. (**A**) 這些人在做什麼？

    A. 他們在種植花草。

    B. 他們在塗油漆。

    C. 他們在築籬笆。

    D. 他們在尋找埋起來的寶物。

    * garden〔ˈgɑrdn̩〕n. 從事園藝；種植花草
    paint〔pent〕v. 油漆　　build〔bɪld〕v. 建造
    fence〔fɛns〕n. 圍牆；籬笆　　search〔sɝtʃ〕v. 尋找；尋求
    buried〔ˈbɛrɪd〕adj. 埋葬的　　treasure〔ˈtrɛʒɚ〕n. 寶物

7. (**D**) 請再看圖片 C。關於這位女士的敘述何者正確？

    A. 她戴著眼鏡。　　　　　　B. 她戴著帽子。

    C. 她正在挖洞。　　　　　　D. 她正在種花。

    * dig〔dɪg〕v. 挖　　hole〔hol〕n. 洞
    plant〔plænt〕v. 栽種

第八題和第九題，請看圖片 D。

8. (**C**) 照片中的人們在哪裡？

　　A. 他們在樹下。　　　　　　　B. 他們在海邊。

　　C. 他們在帳篷裡。　　　　　　D. 他們在山頂。

　　* tent〔tɛnt〕*n.* 帳篷

9. (**B**) 請再看圖片 D。哪一個敘述最符合這張圖？

　　A. 一場森林大火燒到失控。

　　B. 一家人正在野外露營。

　　C. 一群青少年正在健行。

　　D. 一群人聚集在一起看表演。

　　* *forest fire* 森林大火　　　*out of control* 失去控制
　　wilderness〔'wɪldənɪs〕*n.* 荒野　　　teenager〔'tin,edʒə〕*n.* 十幾歲的青少年
　　hike〔haɪk〕*n.* 徒步旅行；健行　　　crowd〔kraud〕*n.* 大群；人群
　　gather〔'gæðə〕*v.* 集合；聚集　　　performance〔pə'fɔrməns〕*n.* 表演

第十題和第十一題，請看圖片 E。

10. (**A**) 辛蒂正站在這個標示前面。她肚子餓了想要吃午餐。餐廳在哪裡？

　　A. 在她後面。　　　　　　　　B. 在她前面。

　　C. 在她左邊。　　　　　　　　D. 在她右邊。

　　* *in front of* 在…前面　　　sign〔saɪn〕*n.* 標示
　　directory〔də'rɛktərɪ〕*n.* 目錄
　　activity center 活動中心
　　maintenance〔'mentənəns〕*n.* 維修；修繕
　　resident〔'rɛzədənt〕*n.* 居住者；住院醫師
　　speech〔spitʃ〕*n.* 演講；說話
　　therapy〔'θɛrəpɪ〕*n.* 治療方法
　　speech therapy 語言治療法

11. (**D**) 請再看圖片 E。這則標示最有可能出現在哪裡？

　　A. 餐廳。　　　　　　　　　　B. 健身中心。

　　C. 辦公大樓。　　　　　　　　D. 醫院。

　　* fitness〔'fɪtnɪs〕*n.* 健康　　　*fitness center* 健身中心

第十二題和第十三題，請看圖片 F。

12. (**C**) 這則通知的主要目的是什麼？

    A. 宣布新商店開幕。

    B. 宣傳促銷活動。

    <u>C. 邀請人來參加派對。</u>

    D. 解釋一道新的程序。

    * purpose〔ˋpɝpəs〕*n.* 目的
    notice〔ˋnotɪs〕*n.* 通知
    announce〔əˋnaʊns〕*v.* 宣布；宣告
    business〔ˋbɪznɪs〕*n.* 營業；商店　　promote〔prəˋmot〕*v.* 宣傳
    sales event 銷售活動　　invite〔ɪnˋvaɪt〕*v.* 邀請
    explain〔ɪkˋsplen〕*v.* 說明　　procedure〔prəˋsidʒɚ〕*n.* 程序
    rsvp 請回覆【法語 répondez s'il vous plaît 的縮寫】
    suit〔sut〕*n.* 套裝；服裝；泳裝　　towel〔ˋtaʊəl〕*n.* 毛巾

13. (**A**) 請再看圖片 F。這個活動最有可能舉辦哪個活動項目？

    A. <u>游泳。</u>　　　　　　　　B. 跳舞。

    C. 棒球。　　　　　　　　D. 畫畫。

    * activity〔ækˋtɪvətɪ〕*n.* 活動　　*take place* 舉行

第十四題和第十五題，請看圖片 G。

14. (**A**) 這兩個圓餅圖提供了何種資訊？

    <u>A. 就業率。</u>

    B. 各年齡層的收入狀況。

    C. 收入來源。

    D. 總營運支出。

    * *pie chart* 圓餅圖
    employment〔ɪmˋplɔɪmənt〕*n.* 雇用；就業　　rate〔ret〕*n.* 比率
    income〔ˋɪnˏkʌm〕*n.* 收入　　source〔sors〕*n.* 來源
    revenue〔ˋrɛvəˏnu〕*n.* 總收入　　expense〔ɪkˋspɛns〕*n.* 花費
    total operating expense 總營運支出　　*labor market* 勞動市場
    seasonally〔ˋsiznəlɪ〕*adv.* 季節性地　　adjust〔əˋdʒʌst〕*v.* 調整
    full-time 全職的　　unemployed〔ˏʌnɪmˋplɔɪd〕*adj.* 失業的
    inactive〔ɪnˋæktɪv〕*adj.* 沒有活動的　　*part-time* 兼職的

15. (**D**) 請再看圖片 G。試比較這兩張圓餅圖。下列敘述何者正確？

A. 男人比女人更有可能提早退休。

B. 女人的升遷機會是男人的三倍。

C. 失業率在六到八月間下降。

D. <u>大部分男士有全職的工作。</u>

* compare〔kəm'pɛr〕*v.* 比較　　*be likely to V*　可能
retire〔rɪ'taɪr〕*v.* 退休　　time〔taɪm〕*n.* 倍
promote〔prə'mot〕*v.* 晉升　　unemployment〔ˌʌnɪm'plɔɪmənt〕*n.* 失業
decline〔dɪ'klaɪn〕*v.* 下降　　majority〔mə'dʒɔrətɪ〕*n.* 大部份

第二部份：問答

16. (**D**) 你爸爸從事什麼工作？

A. 差勁的。　　　　　　　　B. 多睡一點。

C. 那是我哥哥。　　　　　　D. <u>他是律師。</u>

* living〔'lɪvɪŋ〕*n.* 生活；生計　　*do…for a living*　從事…工作
lousy〔'lauzɪ〕*adj.* 差勁的　　lawyer〔'lɔjɚ〕*n.* 律師

17. (**C**) 你為什麼還躺在床上？

A. 謝謝。我會做的。　　　　B. 總是如此。

C. <u>我不太舒服。</u>　　　　　D. 打開窗戶。

18. (**B**) 你要留下來吃午餐嗎？

A. 不，我一定要。　　　　　B. <u>當然，我很樂意。</u>

C. 我也這麼覺得。　　　　　D. 我們吃了雞肉。

* mutual〔'mjutʃʊəl〕*adj.* 相互的；彼此的
the feeling is mutual　我也這麼覺得；我有同感；彼此彼此

19. (**D**) 你會在新加坡待多久？

A. 我明天會在那裡。　　　　B. 能待多久就待多久。

C. 我從沒去過。　　　　　　D. <u>四或五天。</u>

* Singapore〔'sɪŋgɚˌpor〕*n.* 新加坡【馬來半島南端之島嶼】
as…as possible　盡可能

20. (**C**) 這是我上禮拜借的錢。

    A. 你想做什麼都可以。   B. 指望它。

    C. 謝謝你還我。   D. 絕對不可能。

    * borrow〔'baro〕*v.* 借入   ***count on*** 依靠；指望   ***pay back*** 償還

    not in a million years 再過一百萬年也不可能；絕對不可能

21. (**B**) 你可以幫我泡一杯咖啡嗎？

    A. 奶精和糖。   B. 沒問題。

    C. 我不能讀。   D. 我在這裡。

    * cream〔krim〕*n.* 奶油；奶精   sugar〔'ʃugə〕*n.* 糖

22. (**A**) 看！杰佛瑞在那裡。

    A. 我們去跟他打招呼吧。   B. 我叫做湯瑪斯。

    C. 偶爾。   D. 我沒看到。

    * ***once in a while*** 有時；偶爾

23. (**A**) 到倫敦一張票多少錢？

    A. 單程票還是來回票？   B. 走吧。

    C. 一次，我之前去日本的時候。   D. 是的，它很好。

    * ***one-way*** *adj.* 單程的   ***round-trip*** *adj.* 來回的

24. (**A**) 你有看過「與明星共舞」這個電視節目嗎？

    A. 據我所知沒有。它什麼時候播？

    B. 我們可以一起看。我會買爆米花。

    C. 它叫做森巴。你要不要試試看？

    D. 星星在夜晚出現。我知道那首歌。

    * ***not that I know of*** 據我所知沒有   on〔an〕*adv.* 上演中；播放中

    popcorn〔'pap,kɔrn〕*n.* 爆米花   ***come out*** 出現

25. (**D**) 你之前看過這部電影嗎？

    A. 我們去看電影吧。   B. 在原稿裡面。

    C. 不，我不會玩。   D. 有，我有看過。

    * script〔skrɪpt〕*n.* 原稿

26. (**D**) 你抽菸抽多久了？

  A. 一天兩包。   B. 試試我的打火機。

  C. 各式各樣。   D. <u>我從中學時開始抽的。</u>

  * pack〔pæk〕*n.* (香煙等同種東西的) 一盒 (包)

   lighter〔ˈlaɪtɚ〕*n.* 打火機

27. (**A**) 你介意把你的耳機拿下來一下嗎？我有些話要跟你說。

  A. <u>抱歉！我正在聽碧昂絲的新歌。</u>

  B. 不客氣。這是我的榮幸。 C. 我看不到你。我沒有戴眼鏡。

  D. 謝謝。請幫我調到擴音模式。

  * remove〔rɪˈmuv〕*v.* 除去

   headphone〔ˈhɛd,fon〕*n.* (戴在頭上的) 雙耳式耳機

   pleasure〔ˈplɛʒɚ〕*n.* 榮幸

   speakerphone〔ˈspikɚ,fon〕*n.* 喇叭擴音器；免提電話

28. (**C**) 你有多帶一件毛衣，以防天氣變冷嗎？

  A. 正在下雨。   B. 太陽。

  C. <u>沒有，我忘了。</u>   D. 天氣預報預測會下雨。

  * extra〔ˈɛkstrə〕*adj.* 額外的 sweater〔ˈswɛtɚ〕*n.* 毛衣

   in case 以防；萬一 forecast〔ˈfor,kæst〕*n.* (天氣) 預報

   call for 事先預測

29. (**B**) 我想我前幾天把手機忘在這裡了。你們有失物招領處嗎？

  A. 所有東西都在特價。 B. <u>有的，在二樓。</u>

  C. 如果您要留言，請按 2。 D. 我們還有藍色和金色的。

  * *the other day* 前幾天 *lost and found* 失物招領處

   leave a message 留言 press〔prɛs〕*v.* 按；壓

30. (**B**) 蓋瑞剛剛告訴我們一個很好笑的故事。

  A. 他脾氣真是不好。 B. <u>他很有幽默感。</u>

  C. 他知道如何解決問題。 D. 他把它藏得很好。

  * funny〔ˈfʌnɪ〕*adj.* 好笑的 temper〔ˈtɛmpɚ〕*n.* 脾氣

   sense of humor 幽默感 solve〔sɑlv〕*v.* 解決

第三部份：簡短對話

31. (**C**) 男：妳在找什麼？

女：我的手機。你有看到嗎？

男：沒有。妳有試過打妳的手機，聽它響嗎？

女：這沒有用。我調成震動了。

男：試試看吧。這裡，用我的手機。

問：這位女士接下來最有可能會做什麼？

A. 把她的手機調成震動。　　　B. 打給這位男士。

C. 用這位男士的手機。　　　　D. 接受注射。

* *look for* 尋找　　ring〔rɪŋ〕*v.*（鈴、鐘、電話等）鳴響
vibrate〔'vaɪbret〕*v.* 震動　*on vibrate* （手機）震動模式
shot〔ʃɑt〕*n.* 嘗試；注射　*give it a shot* 試試看

32. (**B**) 女：我的車明天早上以前可以好嗎？

男：那我不確定喔，小姐。有些零件要傍晚才會送到。我可以讓我的員工留晚一點，但不保證他能完成。

女：我明天中午以前一定要拿到車子。

男：我們會盡力的。中午讓我們多了一點喘息的空間。

女：我會讓你們的努力值得的。我保證。

問：這位女士暗示什麼？

A. 她不知道如何開車。

B. 如果車子可以準時完成，她會付額外的錢。

C. 她需要更多喘息的空間。　　D. 她明天早上不需要車子。

* ma'am〔mæm〕*n.* 小姐；太太　　part〔pɑrt〕*n.* 部分；零件
guarantee〔͵gærən'ti〕*n.* 保證　absolutely〔'æbsə͵lutlɪ〕*adv.* 絕對地
later〔'letɚ〕*adv.* 較晚地　*breathing room* 喘息的空間；緩衝時間
worth one's *while* 值得的　promise〔'prɑmɪs〕*v.* 保證；承諾
imply〔ɪm'plaɪ〕*v.* 暗示　*on time* 準時

33. (**C**) 女：是誰把廚房弄得這麼亂，又沒有清理乾淨的？

男：不是我。我才剛回到家。

女：那這樣提姆的嫌疑最大。

男：嗯，也有可能是瑪姬。

問：這位男士說了什麼？

A. 一定是提姆弄亂的。　　　　B. 他會把廚房清乾淨。

C. 有可能是提姆以外的人弄亂的。　D. 弄亂的人現在還沒回家。

* mess〔mɛs〕*n.* 亂七八糟；凌亂　　***clean up*** 打掃乾淨
prime〔praɪm〕*adj.* 首位的　　suspect〔'sʌspɛkt〕*n.* 嫌疑犯
definitely〔'dɛfənɪtlɪ〕*adv.* 肯定地　　***other than*** 除了…之外

34. (**B**) 女：你這週末忙嗎？

男：沒什麼事。妳為什麼問？

女：我在想我能不能請你幫個忙。

男：當然可以。妳說看看。

女：我這禮拜六一整天都要參加電腦展，所以我需要有人下午幫我
遛狗。

男：沒問題。我會幫妳遛狗。

問：這位男士禮拜六會做什麼？

A. 參加電腦展。　　　　　　B. 幫這位女士遛狗。

C. 請求幫忙。　　　　　　　D. 解決他的問題。

* weekend〔'wik,ɛnd〕*n.* 週末　　wonder〔'wʌndɚ〕*v.* 納悶；想知道
favor〔'fevɚ〕*n.* 恩惠；幫忙　　***ask a favor*** 請求幫忙
convention〔kən'vɛnʃən〕*n.* 會議；大會
walk one's dog 遛狗　　attend〔ə'tɛnd〕*v.* 出席；參加

35. (**B**) 女：你今天晚上要做什麼？

男：我不知道。電視沒什麼好看的。

女：而且外面在下雨。

男：那來玩牌如何？

女：不要，我寧願看書。

男：隨便妳。我想我會早點去睡覺。

問：說話者在哪裡？

A. 在工作。　　　　　　　　B. 在家。

C. 在電視上。　　　　　　　D. 在散步。

* ***would rather V*** 寧願　　***suit yourself*** 隨便你
at work 工作中　　***take a walk*** 散步

36. (**B**) 男：我想要報名這個免費的電腦訓練研討班。

女：好的。填完這個表格後交給我。

男：研討班什麼時候開始？

女：已經在進行中了。你隨時都可以加入。

問：這位男士要做什麼？

A. 買電腦。　　　　　　　　B. 接受電腦訓練。

C. 交換電腦資訊。　　　　　D. 更新他的電腦進度。

* register（ˈrɛdʒɪstə）v. 登記；註冊　　　training（ˈtrenɪŋ）n. 訓練
seminar（ˈsɛmə,nar）n. 研討班　　*fill out* 填寫
form（form）n. 表格　　return（rɪˈtɜn）v. 返回；歸還
progress（ˈpragrɛs）n. 進展；進度　　*in progress* 在進行中
purchase（ˈpɜtʃəs）v. 購買　　receive（rɪˈsiv）v. 接受
exchange（ɪksˈtʃendʒ）v. 交換　　update（ʌpˈdet）v. 更新

37. (**D**) 男：我們會議應該要在哪裡舉行？

女：直接在我的辦公室如何？

男：不，那不行。這裡沒有十個人的空間。

女：會議室已經有人用了。

男：那我們在休息室開會吧。

女：好主意。我會告訴接待員我們要用休息室。

問：他們會在哪裡開會？

A. 在這位女士的辦公室。　　B. 在接待區。

C. 在會議室。　　　　　　　D. 在休息室。

* hold（hold）v. 舉行　　work（wɜk）v. 行得通
room（rum）n. 空間；房間　　conference（ˈkanfərəns）n. 會議
occupy（ˈakjə,paɪ）v. 佔據　　*break room* 休息室
receptionist（rɪˈsɛpʃənɪst）n. 接待員
reception（rɪˈsɛpʃən）n. 接待　　area（ˈɛrɪə）n. 區域

38. (**C**) 男：妳還剩幾天休假？

女：沒有了。我都休完了。

男：真的嗎？我以為妳今年有三個禮拜的休假。

女：沒有。只有兩個禮拜。明年我會有三個禮拜。

問：關於這位女士，下列敘述何者正確？

A. 她還有兩個禮拜的假。　　　B. 她今年還沒有休假。
C. <u>她明年會有三個禮拜的假。</u>　D. 她今年會用到明年的假。

* vacation〔veˋkeʃən〕*n.* 假期　　leave〔liv〕*v.* 剩下
　nope〔nop〕*adv.* 不（= *no* ）　***use up*** 用完

39. (**C**) 女：警官，有什麼問題嗎？
　　　男：後面那裡有一個停車標誌。我想妳沒有看到。
　　　女：不，警官，我有看到。我停下來了。
　　　男：事實上，女士，妳沒有完全停下來。妳開過頭了。
　　　女：警官，我很抱歉。你這次可以給我一個警告就好了嗎？
　　　問：這位女士做了什麼？
　　　A. 她在標誌前停下來。　　　B. 她警告警官。
　　　C. <u>她沒有完全停下來。</u>　　D. 她闖紅燈。

* officer〔ˋɔfəsɚ〕*n.* 警官　　sign〔saɪn〕*n.* 標誌
　actually〔ˋæktʃʊəlɪ〕*adv.* 事實上　　complete〔kəmˋplit〕*adj.* 完全的
　come to a stop 停止　　roll〔rol〕*v.* 滾動；緩慢行進
　warning〔ˋwɔrnɪŋ〕*n.* 警告　　run〔rʌn〕*v.* 跑過；通過；逃離

40. (**C**) 男：您要點餐了嗎。
　　　女：今天有特餐嗎？
　　　男：沒有。只有菜單上的這些。
　　　女：喔，所以每一樣都是今日特餐囉。
　　　男：您可以這麼說。
　　　女：好吧，那我要點義大利麵。
　　　問：這段對話發生在哪裡？
　　　A. 在農場。　B. 在銀行。　C. <u>在餐廳。</u>　D. 在圖書館。

* order〔ˋɔrdɚ〕*v.* 點菜　　special〔ˋspɛʃəl〕*n.* 特餐
　menu〔ˋmɛnju〕*n.* 菜單　　spaghetti〔spəˋgɛtɪ〕*n.* 義大利麵

41. (**C**) 女：你都聽哪一種類型的音樂？
　　　男：我沒有聽很多音樂。
　　　女：為什麼不聽？
　　　男：只是因為那不是我喜歡做的事。我喜歡讀書，所以如果可能的
　　　　　話，我會避免任何會讓我分心的事。

女：哪一種書？

男：大部分是科幻小說。

問：關於這位男士，下列敘述何者正確？

A. 他喜歡音樂。　　　　　　B. 他主修科學。

C. 他常常閱讀。　　　　　　D. 他很容易分心。

* sb's *thing* 某人喜歡做、很拿手的事情

bookworm〔'buk,wɜm〕n. 書蟲；愛讀書的人

prefer〔prɪ'fɝ〕v. 寧願；比較喜歡　　avoid〔ə'vɔɪd〕v. 避開

distraction〔dɪ'strækʃən〕n. 使人分心的事物　　*if possible* 如果可能的話

fiction〔'fɪkʃən〕n. 小說　　*science fiction* 科幻小說

major〔'medʒɚ〕v. 主修 < *in* >　　distract〔dɪ'strækt〕v. 使分心

42. (**D**) 男：酒吧會開到多晚？

女：平日晚上我們營業到十點，週末到午夜十二點。

男：禮拜五算是平日晚上還是週末？

女：我們認為是週末。

男：所以禮拜五晚上你們會營業到午夜十二點，這樣對吧？

問：酒吧禮拜五晚上幾點打烊？

A. 晚上十點。　　　　　　B. 晚上十一點。

C. 中午十二點。　　　　　　D. 凌晨十二點。

* bar〔bɑr〕n. 酒吧　　stay〔ste〕v. 保持（…的狀態）

open〔'opən〕adj. 營業中的　　weeknight〔'wik,naɪt〕n. 平日晚上

midnight〔'mɪd,naɪt〕n. 午夜　　consider〔kən'sɪdɚ〕v. 認為

correct〔kə'rɛkt〕adj. 正確的　　close〔kloz〕v. 關門；打烊

43. (**B**) 女：你有看到你牛仔褲上的污漬嗎？

男：沒有。在哪裡？

女：這裡，在後面。你一定是坐到什麼東西了。

男：噢，這可真好呀。

女：看起來像是番茄醬。

男：對，我剛剛才在湯米熱狗店吃了一根熱狗。

問：這位男士發生了什麼事？

A. 他的皮夾丟了。　　　　　　B. 他的牛仔褲上有污漬。

C. 他因為吃熱狗生病了。　　　　D. 他把番茄醬噴到這位女士身上。

＊ stain〔sten〕*n.* 污漬　　jeans〔dʒinz〕*n., pl.* 牛仔褲
　ketchup〔'kɛtʃəp〕*n.* 番茄醬　　***hot dog*** 熱狗
　wallet〔'wɑlɪt〕*n.* 皮夾　　spill〔spɪl〕*v.* 使溢出、灑出、濺出

44.（ **C** ）男：珍，妳看起來不太一樣。妳換髮型了嗎？

　　　女：沒有。

　　　男：妳變瘦了嗎？

　　　女：這我沒注意到。

　　　男：嗯。儘管如此，妳看起來就是不一樣。我無法明確說出來。

　　　女：泰德，我沒有戴眼鏡。我戴隱形眼鏡。

　　　男：對，就是這個！

　　　問：這位女士有什麼不一樣？

　　　A. 她換髮型了。　　　　　B. 她變瘦了。

　　　C. 她沒戴眼鏡。　　　　　D. 她多長了一根手指頭。

　　＊ hairstyle〔'hɛr,staɪl〕*n.* 髮型　　***lose weight*** 減重；變瘦
　　　be aware of 意識到；知道　　still〔stɪl〕*adv.* 儘管如此
　　　put *one's* ***finger on*** 明確指出（原因等）
　　　glasses〔'glæsɪz〕*n., pl.* 眼鏡　　contact〔'kɑntækt〕*n.* 接觸
　　　lens〔lɛnz〕*n.* 鏡片　　***contact lens(es)*** 隱形眼鏡

45.（ **C** ）女：你確定這是我們之前住的地區嗎？

　　　男：當然是呀。妳認不出來了嗎？

　　　女：嗯，不，不盡然。以前街角有一座教堂，但現在是一家鞋店
　　　　　之類的。

　　　男：舊倉庫也被拆掉，變成一座公園了。

　　　女：那是我們最初結婚時住的房子嗎？

　　　男：我想是的。他們一定粉刷過了。

　　　問：說話者是誰？

　　　A. 仲介和客戶。　　　　　B. 老師和學生。

　　　C. 老公和老婆。　　　　　D. 兄弟和學生。

　　＊ neighborhood〔'nebə,hud〕*n.* 鄰近地區；附近
　　　recognize〔'rɛkəg,naɪz〕*v.* 認出　　***there used to be***～ 過去曾經有～
　　　church〔tʃɝtʃ〕*n.* 教堂　　corner〔'kɔrnə〕*n.* 街角
　　　or something 諸如此類的什麼　　warehouse〔'wɛr,haʊs〕*n.* 倉庫

> *tear down* 拆除　　*turn A into B* 把 A 變成 B
> *get married* 結婚　　paint〔pent〕*v.* 油漆；粉刷
> agent〔'edʒənt〕*n.* 代理人；仲介　　client〔'klaɪənt〕*n.* 客戶

二、閱讀能力測驗

第一部份：詞彙和結構

1. (**C**) <u>如果沒有</u>他父母的支持，他游泳無法游得這麼好。

> 這句話實際意思是「他有父母的支持，所以游泳游得很好」，由主
> 要子句 he could not become…可知，本句為「與現在事實相反」
> 的假設語氣，前句原應為 *If* it *were* not for…「如果沒有」，將連
> 接詞 If 省略，were 置於句首，即成為 *Were it not for*，選 (C)。
>
> * support〔sə'port〕*n.* 支持　　accomplished〔ə'kɑmplɪʃt〕*adj.* 傑出的

2. (**D**) 這家美術館舉辦夏令營，<u>讓</u>小孩熟悉現代藝術家的作品。

> (A) perform〔pə'fɔrm〕*v.* 表演；執行
> (B) inform〔ɪn'fɔrm〕*v.* 通知
> (C) obtain〔əb'ten〕*v.* 獲得
> (D) *acquaint*〔ə'kwent〕*v.* 使熟悉
> 　　 *acquaint sb. with sth.* 使某人熟悉某事（物）
>
> * *fine art* 藝術；美術　　museum〔mju'ziəm〕*n.* 博物館；美術館
> offer〔'ɔfə〕*v.* 提供　　*summer camp* 夏令營
> artwork〔'art,wɝk〕*n.* 藝術品　　modern〔'madən〕*adj.* 現代的
> artist〔'artɪst〕*n.* 藝術家

3. (**B**) 在被控收賄之後，該名法官<u>拒絕</u>對這些指控做出評論。

> (A) tempt〔tɛmpt〕*v.* 誘惑
> (B) *decline*〔dɪ'klaɪn〕*v.* 拒絕；下降
> (C) console〔kən'sol〕*v.* 安慰
> (D) promote〔prə'mot〕*v.* 升職；促銷；推廣
>
> * accuse〔ə'kjuz〕*v.* 指控；控告 <*of*>　　bribe〔braɪb〕*v. n.* 賄賂
> *take bribes* 收賄　　judge〔dʒʌdʒ〕*n.* 法官
> comment〔'kɑmənt〕*n.* 評論　　allegation〔,ælə'geʃən〕*n.* 陳述；指控

4. (**A**) 一見到她的父母，丹妮斯就再也忍不住淚水，哭出聲音來。

由空格後的動名詞可知，空格用介系詞，故選 (A) **Upon**，
upon/on V-ing 表示「一～的時候」之意。(B) As long as
「只要」、(C) Because「因為」、(D) Though「雖然」，都是
連接詞，文法和句意均不合。

* **hold back** 抑制　　**not…any longer** 再也無法…
out loud 出聲地

5. (**A**) 如果昨天天氣好，我就會和我的同學們去騎腳踏車。

「與過去事實相反」的假設語氣，if 子句為 if + had + p.p.，主要
子句則是 S. + should/would/could/might + have + p.p.，故選
(A) **would have gone**。

* cycle〔'saɪkḷ〕v. 騎腳踏車

6. (**C**) 在我抵達車站的時候，火車已經出發了。

比過去式更早發生，時態要用「過去完成式」，故選 (C) **had**
departed。

* **by the time** 到了～的時候　　depart〔dɪ'pɑrt〕v. 出發

7. (**B**) 珍妮準備了二十人份的食物和飲料；然而，結果來派對的賓客比
她預期的多。

(A) happen〔'hæpən〕v. 發生　　(B) **turn out** 結果是
(C) come across 偶遇　　　　　(D) take place 發生；舉辦

* guest〔gɛst〕n. 客人　　expect〔ɪk'spɛkt〕v. 預期

8. (**C**) 如果太陽從西邊升起，我就會認真看待你說的話。

本句為「與未來事實相反」的假設語氣，if 子句可用 if + **should**
+ V，should 作「如果；萬一」解。把 if 省略，should 就置於
句首，故選 (C)。

* seriously〔'sɪrɪəslɪ〕adv. 認真地　　**take** sth. **seriously** 認真看待某事

9. (**D**) 在蓋瑞上床睡覺之前，媽媽慈愛地擁抱和親吻他。

(A) realistically〔͵rɪə'lɪstɪkḷɪ〕adv. 實際地

(B) theoretically〔ˌθɪəˈrɛtɪkḷɪ〕*adv.* 理論地

(C) subjectively〔səbˈdʒɛktɪvlɪ〕*adv.* 主觀地

(D) *affectionately*〔əˈfɛkʃənɪtlɪ〕*adv.* 慈愛地；深情地

10. (C) 你<u>早該說</u>出實話，但卻沒有。這就是我為什麼這麼生氣的原因。

　　表示「過去該做而未做」用 should have p.p. ，故選 (C) *should have told*，作「早該～」解。

　　* truth〔truθ〕*n.* 真相；事實　　*tell the truth* 說實話

11. (A) 一種對真菌<u>有抵抗力的</u>香蕉，幫助東非的農夫更好控制住這種破壞力極強的疾病。

　　(A) *resistant*〔rɪˈzɪstənt〕*adj.* 有抵抗力的＜*to*＞

　　(B) opposed〔əˈpozd〕*adj.* 反對的＜*to*＞

　　(C) hesitant〔ˈhɛzətənt〕*adj.* 遲疑的；猶豫的

　　(D) eligible〔ˈɛlɪdʒəbḷ〕*adj.* 有資格的

　　* strain〔stren〕*n.* 種族；品種
　　fungal〔ˈfʌŋgḷ〕*adj.* 真菌的　　disease〔dɪˈziz〕*n.* 疾病
　　devastating〔ˈdɛvəsˌtetɪŋ〕*adj.* 破壞力極強的

12. (D) 若能<u>成功地應用</u>，新科技能夠幫忙改善一個國家對天災的處理。

　　原句應為 If they are successfully applied「如果它們被成功地應用」，改分詞構句，去掉連接詞 If，主詞與主要子句相同也省略，are 改成 being，又可省略，故選 (D) *Successfully*。

　　* apply〔əˈplaɪ〕*v.* 應用　　technology〔tɛkˈnɑlədʒɪ〕*n.* 科技
　　improve〔ɪmˈpruv〕*v.* 改善　　management〔ˈmænɪdʒmənt〕*n.* 處理
　　natural〔ˈnætʃərəl〕*adj.* 天然的　　disaster〔dɪzˈæstɚ〕*n.* 災難
　　natural disaster 天災

13. (A) 直到老師進來，學生<u>才</u>開始為考試唸書。

　　否定詞 Not until「直到…」放在句首，後面主要子句要倒裝，助動詞或 be 動詞和主詞對調。依句意，本句為過去式，主詞後又是原形動詞，可見空格為過去式助動詞，故選 (A) *did*。

14. (D) 自從地震發生後，<u>據報導</u>已有超過一百個人死亡。

原句爲 who were reported「被報導」，要改成分詞片語，省略關
係代名詞和 be 動詞，故選 (D) *reported*。

* earthquake〔ˋɝθ͵kwek〕*n.* 地震

15. (**D**) 一提到公開演說，很多人苦於心理學家稱之爲「怯場」的問題。

空格原是 the thing which/that psychologists call...，先行詞和關
代結合成複合關代 *what*，引導名詞子句，做 from 的受詞，選 (D)。

* *when it comes to N/V-ing* 一提到~　　public〔ˋpʌblɪk〕*adj.* 公開的
 public speaking 公開演說　　*tend to V* 易於；傾向於
 suffer〔ˋsʌfɚ〕*v.* 受苦　　psychologist〔saɪˋkɑlədʒɪst〕*n.* 心理學家
 stage〔stedʒ〕*n.* 舞台　　fright〔fraɪt〕*n.* 恐懼　　*stage fright* 怯場

第二部份：段落填空

第 16 至 20 題

　　任何聞過榴槤的人都不會忘記它。榴槤<u>有著</u>強烈的氣味，這種水果不是被
愛就是被恨。有些人覺得它的味道很香甜，<u>而</u>有人卻覺得很噁心。對榴槤的愛
好者來說，它的果肉綿密且像奶油般滑順，因此他們<u>稱</u>榴槤爲「水果之王」。
事實上，榴槤擁有許多促進健康的益處。吃一口榴槤不僅能<u>紓緩</u>頭痛，還能調
節血糖。<u>此外</u>，榴槤富含維他命 B6，甚至可以對抗憂鬱。

* smell〔smɛl〕*v.* 聞到　*n.* 氣味；味道　　durian〔ˋdʊrɪən〕*n.* 榴槤
 odor〔ˋodɚ〕*n.* 氣味　　*either A or B* 不是 A 就是 B
 disgusting〔dɪsˋgʌstɪŋ〕*adj.* 噁心的　　flesh〔flɛʃ〕*n.* 果肉
 buttery〔ˋbʌtərɪ〕*adj.* 像奶油的　　smooth〔smuð〕*adj.* 滑順的
 boast〔bost〕*v.* 擁有；自誇　　promote〔prəˋmot〕*v.* 推廣；促進
 health-promoting〔͵hɛlθ prəˋmotɪŋ〕*adj.* 促進健康的
 benefit〔ˋbɛnəfɪt〕*n.* 益處　　bite〔baɪt〕*n.* 一口
 headache〔ˋhɛd͵ek〕*n.* 頭痛　　regulate〔ˋrɛgjə͵let〕*v.* 調節
 blood〔blʌd〕*n.* 血液　　sugar〔ˋʃʊgɚ〕*n.* 糖　　*blood sugar* 血糖
 level〔ˋlɛvḷ〕*n.* 程度　　rich〔rɪtʃ〕*adj.* 豐富的
 vitamin〔ˋvaɪtəmɪn〕*n.* 維他命　　fight〔faɪt〕*v.* 對抗
 depression〔dɪˋprɛʃən〕*n.* 憂鬱

16. (**D**) 依句意，選 (D) *With*「有著」。

17. (**A**) 連接前後兩個句子，且表示前後對照，連接詞用 (A) *while*「而」。
(B) besides「此外」，(C) and「而且」，(D) whether「是否」，
均不合。

18. (**B**) *refer to A as B* 把 A 稱為 B
(A) think A (to be) B 認為 A 是 B；視 A 為 B
(C) look on/upon A as B 認為 A 是 B；視 A 為 B
(D) concern〔kən'sɜn〕*n. v.* 關切

19. (**B**) (A) promote〔prə'mot〕*v.* 升職；促進；宣傳
(B) *ease*〔iz〕*v.* 減輕；紓緩
(C) achieve〔ə'tʃiv〕*v.* 達成
(D) examine〔ɪg'zæmɪn〕*v.* 檢查；測驗

20. (**D**) *what's more* 此外
(C) what's worse 更糟的是，句意不合。

第 21 至 25 題

有一隻青蛙在農莊庭院裡四處蹦蹦跳，牠決定要調查一下這座穀倉。牠有
點粗心，最後掉進一個裝滿半桶新鮮牛奶的桶子中。當牠游來游去，試圖想要
                                                          22
碰到桶子的頂端時，牠發現桶子的兩側都太陡峭了，爬不上去。牠試著伸展後
                                                    23
腳，推著桶子的底部往上游，但發現桶子太深了。但是這隻青蛙下定決心不要
放棄，並且繼續努力。牠不斷地踢腳和扭動身體，直到最後，牠在牛奶裡攪拌
 24
了半天，把牛奶變成了一大塊奶油。然後那塊奶油夠穩固，讓牠爬上去，離開
                                          25
了那個桶子！

> * frog〔frɑg〕*n.* 青蛙　　　hop〔hɑp〕*v.* 蹦蹦跳
> farmyard〔'farm,jɑrd〕*n.* 農莊庭院　　investigate〔ɪn'vɛstə,get〕*v.* 調查
> barn〔barn〕*n.* 穀倉　　careless〔'kɛrlɪs〕*adj.* 粗心的
> *end up V-ing* 最後~；結果~　　pail〔pel〕*n.* 桶子
> *be filled with* 裝滿~　　fresh〔frɛʃ〕*adj.* 新鮮的

attempt〔əˋtɛmpt〕v. 嘗試　　reach〔ritʃ〕v. 觸碰
steep〔stip〕adj. 陡峭的　　stretch〔strɛtʃ〕v. 伸展　　push〔puʃ〕v. 推擠
bottom〔ˋbɑtəm〕n. 底部　　deep〔dip〕adj. 深的
determine〔dɪˋtɝmɪn〕v. 決心　　continue〔kənˋtɪnju〕v. 繼續
struggle〔ˋstrʌgḷ〕v. 掙扎；努力　　squirm〔skwɝm〕v. 扭動身體
at last 最後　　churn〔tʃɝn〕v. 攪拌　　hunk〔hʌŋk〕n. 大塊；厚片

21. (**B**) 本句原為：As it was a little careless，改分詞構句：去連接詞，再
　　　　去掉前後相同的的主詞，was 改成 being，可保留也可省略，故本題
　　　　選 (B) ***Being***。

22. (**C**) 依句意，選 (C) ***As***〔æz〕conj. 當。而 (A) Because「因為」，
　　　　(B) Despite「儘管」，(D) If「假如」，皆不合句意。

23. (**D**) 依句意，too…to~「太…而不~」，選 (D) ***too***。

24. (**C**) (A) put out　撲滅　　　　　　(B) make for　前往
　　　　(C) ***give up***　放棄　　　　　　(D) get off　下車、船、飛機

25. (**A**) (A) ***solid***〔ˋsɑlɪd〕adj. 穩固的　　(B) thin〔θɪn〕adj. 瘦的
　　　　(C) delicious〔dɪˋlɪʃəs〕adj. 美味的
　　　　(D) overdone〔͵ovɚˋdʌn〕adj. 過熟的

第三部份：閱讀理解

第 26 至 28 題

詹姆士城
咖啡和外帶
早餐菜單

- 培根蛋吐司　　　　　　　　　　　　　　$ 8.50
- 烤豆子吐司或義大利麵吐司　　　　　　　$ 6.60
- 大份早餐　　　　　　　　　　　　　　　$12.50
- 穀片/牛奶什錦早餐/優格　　　　　　　　$ 5.00
- 穀片/牛奶什錦早餐/優格和果乾　　　　　$ 6.00

- 烤可頌麵包夾火腿和起司 　　　　　　　$ 5.50
- 果醬或蜂蜜可頌麵包 　　　　　　　　　$ 5.00
- 煎蛋/炒蛋 ─ 吐司 　　　　　　　　　 $ 8.00
- 薄煎餅 ─ 一疊五片
  奶油/乳霜/楓糖漿/果醬 　　　　　　　 $ 8.00
- 葡萄乾吐司 　　　　　　　　　　　　　$ 4.00
- 香腸蛋吐司 　　　　　　　　　　　　 $10.00
- 兩片塗醬吐司 　　　　　　　　　　　　$ 4.50
- 咖啡/熱可可/茶/果汁 　　　　　　　　 $不同價

如果看不到，請詢問！

所有（禮貌的）菜單建議都很歡迎。

---

* takeaway〔'tekə,we〕 *n.* 外帶　　menu〔'mɛnju〕 *n.* 菜單
bacon〔'bekən〕 *n.* 培根　　toast〔tost〕 *n.* 吐司　 *v.* 烤麵包
baked〔bekt〕 *adj.* 烤的　　spaghetti〔spə'gɛti〕 *n.* 義大利麵
cereal〔'sɪrɪəl〕 *n.* 穀片　　muesli〔'mjuzlɪ〕 *n.* 牛奶什錦早餐
yoghurt〔'jogət〕 *n.* 優格（= *yogurt*）
preserve〔prɪ'zɜv〕 *v.* 保存（食物）【醃製、糖漬或曬乾等】
croissant〔krə'sɑnt〕 *n.* 可頌麵包　　ham〔hæm〕 *n.* 火腿
jam〔dʒæm〕 *n.* 果醬　　honey〔'hʌnɪ〕 *n.* 蜂蜜　　fry〔fraɪ〕 *v.* 煎
scramble〔'skræmbl̩〕 *v.* 邊攪邊炒　　pancake〔'pæn,kek〕 *n.* 薄煎餅
stack〔stæk〕 *n.* 堆疊　　maple〔'mepl̩〕 *n.* 楓樹　　syrup〔'sɪrəp〕 *n.* 糖漿
maple syrup 楓糖漿　　raisin〔'rezn̩〕 *n.* 葡萄乾
sausage〔'sɔsɪdʒ〕 *n.* 香腸　　spread〔sprɛd〕 *n.* 塗醬
various〔'vɛrɪəs〕 *adj.* 各種的；多種的　　polite〔pə'laɪt〕 *adj.* 有禮貌的
suggestion〔sə(g)'dʒɛstʃən〕 *n.* 建議

26. (**C**) 薄煎餅有幾種不同的配料？

　　(A) 兩種。　　　　　　　　　(B) 三種。
　　(C) 四種。　　　　　　　　　(D) 五種。

　　* topping〔'tɑpɪŋ〕 *n.* 食物上面的配料

27. (**A**) 根據這份菜單，下列敘述何者為真？

　　(A) 你可以在這家餐廳外帶咖啡。
　　(B) 這家餐廳的果汁提供很多種選擇。

(C) 菜單上面最便宜的是一片塗醬吐司。

(D) 在這家餐廳你找不到炒蛋。

* ***have ~ to go*** 外帶~　　offer〔ˋɔfɚ〕v. 提供　　choice〔tʃɔɪs〕n. 選擇

28. (**B**) 如果你有十元，在點了果醬可頌麵包之後，你還能買什麼？

(A) 煎蛋。　　　　　　　　　　(B) 葡萄乾吐司。

(C) 水果優格。　　　　　　　　(D) 培根蛋。

* order〔ˋɔrdɚ〕v. 點餐

第 29 至 30 題

> ### 海外就業公司
> ### 人力與勞力部
> ### 巴基斯坦政府
> #### 誠徵護士，在沙烏地阿拉伯王國的衛生部工作
>
> ♦ 沙烏地阿拉伯王國衛生部，需要不同專長的護士，必須要符合
> 　資格而且有經驗：
> 　資格和經驗：在取得護士資格後至少兩年的工作經驗
> 　年紀：小於四十歲
>
> ♦ 關於提交申請書的詳細程序，可以在網站上取得：
> 　WWW. Oec.gov.pk. 接受申請的最後一天為 2011 年 9 月 11 日。

* overseas〔ˋovɚˋsiz〕adj. 海外的　　employment〔ɪmˋplɔɪmənt〕n. 就業
corporation〔ˌkɔrpəˋreʃən〕n. 公司　　ministry〔ˋmɪnɪstrɪ〕n. 部
labor〔ˋlebɚ〕n. 勞力　　manpower〔ˋmænˌpauɚ〕n. 人力
government〔ˋgʌvɚnmənt〕n. 政府
Pakistan〔ˋpækɪˌstæn〕n. 巴基斯坦　　kingdom〔ˋkɪŋdəm〕n. 王國
Saudi Arabia〔ˌsaudɪ əˋrebɪə〕n. 沙烏地阿拉伯
require〔rɪˋkwaɪr〕v. 需要　　service〔ˋsɝvɪs〕n. 服務
qualified〔ˋkwɑləˌfaɪd〕adj. 符合資格的
experienced〔ɪkˋspɪrɪənst〕adj. 有經驗的
specialty〔ˋspɛʃəltɪ〕n. 專長　　qualification〔ˌkwɑləfəˋkeʃən〕n. 資格
minimum〔ˋmɪnəməm〕n. 最小值　　post〔post〕adj. 在…之後

detailed〔'diteld〕*adj.* 詳細的　　procedure〔prə'sidʒɚ〕*n.* 程序
regarding〔rɪ'gɑrdɪŋ〕*prep.* 關於　　submission〔səb'mɪʃən〕*n.* 提交
application〔,æplə'keʃən〕*n.* 申請　　available〔ə'veləbḷ〕*adj.* 可取得的
website〔'wɛb,saɪt〕*n.* 網站　　receive〔rɪ'siv〕*v.* 接收

29. (**B**) 哪個國家張貼了這份護士的徵人啓事？

(A) 沙烏地阿拉伯。　　　　　　(B) <u>巴基斯坦。</u>

(C) 美國。　　　　　　　　　　(D) 杜拜。

* post〔post〕*v.* 張貼；貼（文、圖）等　　Dubai〔du'baɪ〕*n.* 杜拜

30. (**C**) 下列何者並非此份工作合適的申請者？

(A) 一名有超過兩年經驗的護士。

(B) 一名在沙烏地阿拉伯工作六年的護士。

(C) <u>一名 45 歲的護士。</u>　　　(D) 一名有五年工作經驗的護士。

* suitable〔'sutəbḷ〕*adj.* 合適的　　applicant〔'æpləkənt〕*n.* 申請者

第 31 至 34 題

　　「哈利波特的魔法世界」，耗時六年打造，估計耗費大約兩億美元，在 2010 年時，在佛羅里達州的奧蘭多市開放給大眾。在入口處，遊客可以搭乘冒著蒸氣的霍格華茲特快車，穿過石頭拱門，來到霍格莫德村（活米村）。在他們眼前，他們會看到許多古舊的英國商店，群集在一條街上。在這些店裡，他們不會找到一罐可口可樂或漢堡，這裡只有忠於哈利波特世界的食物，像是康瓦爾派餡餅和蘇格蘭蛋。但真正吸引人的地方是在霍格華茲城堡裡，「禁忌之旅」這項設施。在這超刺激的四分鐘內，乘客會坐在魔法長椅上，隨著螢幕上的動作墜落或旋轉。嚇人的龍會從薄霧中出現。大蜘蛛會對你吐水。當搭乘結束時，霍格華茲的人物會歡聲鼓舞和對你招手，就像一個魁地奇比賽的冠軍，剛回到大廳的樣子。

* wizard〔'wɪzəd〕*n.* 巫師　　***in the making*** 在製造過程中
estimate〔'ɛstə,met〕*v.* 估計　　around〔ə'raund〕*adv.* 大約
Orlando〔ɔr'lændo〕*n.* 奧蘭多【位於美國佛羅里達州】
Florida〔'flɔrədə〕*n.* 佛羅里達州【位於美國東南端及其南部的半島】

entrance〔'ɛntrəns〕*n.* 入口　　arch〔ɑrtʃ〕*n.* 拱形；拱門
village〔'vɪlɪdʒ〕*n.* 村莊　　steam〔stim〕*n.* 蒸氣　　blow〔blo〕*v.* 吹
steam-blowing〔'stim,bloɪŋ〕*adj.* 冒蒸氣的　　express〔ɪk'sprɛs〕*n.* 快車
crowd〔kraud〕*v.* 群集　　along〔ə'lɔŋ〕*prep.* 沿著
single〔'sɪŋgl̩〕*adj.* 單一的　　can〔kæn〕*n.* 罐頭
burger〔'bɝgɚ〕*n.* 漢堡　　***be true to*** 忠於
Cornish〔'kɔrnɪʃ〕*adj.* 英國康瓦爾地區的　　pasty〔'pæstɪ〕*n.* 餡餅
Scotch〔skatʃ〕*adj.* 蘇格蘭的　　attraction〔ə'trækʃən〕*n.* 吸引力
forbidden〔fɚ'bɪdn̩〕*adj.* 被禁止的　　journey〔'dʒɝnɪ〕*n.* 旅程
ride〔raɪd〕*n.* 乘坐遊樂園的設施　　castle〔'kæsl̩〕*n.* 城堡
thrilling〔'θrɪlɪŋ〕*adj.* 刺激的　　passenger〔'pæsn̩dʒɚ〕*n.* 乘客
magical〔'mædʒɪkl̩〕*adj.* 神奇的　　bench〔bɛntʃ〕*n.* 長椅
drop〔drɑp〕*v.* 掉落　　spin〔spɪn〕*v.* 旋轉　　screen〔skrin〕*n.* 銀幕
on-screen 銀幕上的　　action〔'ækʃən〕*n.* 行動
terrifying〔'tɛrə,faɪɪŋ〕*adj.* 嚇人的　　dragon〔'drægən〕*n.* 龍
show up 出現　　mist〔mɪst〕*n.* 薄霧　　spider〔'spaɪdɚ〕*n.* 蜘蛛
spit〔spɪt〕*v.* 吐　　character〔'kærɪktɚ〕*n.* 人物
cheer〔tʃɪr〕*v.* 鼓舞　　wave〔wev〕*v.* 招手
champion〔'tʃæmpɪən〕*n.* 冠軍　　hall〔hɔl〕*n.* 大廳

31. (**B**)　「thrilling」這個字的意思最接近下列何者？

　　(A) 短的。　　　(B) <u>刺激的。</u>　　　(C) 昂貴的。　　　(D) 舒適的。

32. (**C**)　根據本文，下列敘述何者爲眞？

　　(A)「快樂波特的魔法世界」花了六年的時間建造。
　　(B) 電影中的人物會被邀請，來和你一起搭乘遊樂設施。
　　(C) <u>在樂園裡任何地方你都買不到漢堡。</u>
　　(D) 你一進入樂園的時候，就會看到龍出現在你面前。

　　* create〔krɪ'et〕*v.* 建造　　share〔ʃɛr〕*v.* 分享
　　ahead of 在～之前　　***upon V-ing*** 一～的時候

33. (**C**)　根據本文作者，何者爲該主題樂園最吸引人的？

　　(A) 活米村一遊。　　　　　(B) 搭乘霍格華茲特快車。
　　(C) <u>禁忌之旅。</u>　　　　　(D) 找蘇格蘭蛋。

　　* attractive〔ə'træktɪv〕*adj.* 吸引人的　　***theme park*** 主題樂園

34. (**A**) 下列何者並非「禁忌之旅」的特點？

(A) 在搭乘結束時會被拍一張照片。

(B) 這個設施和雲霄飛車一樣快。

(C) 在搭乘的時候會看到龍和蜘蛛。

(D) 在搭乘結束的時候，你會像個魁地奇冠軍一樣被歡迎。

* feature〔'fitʃɚ〕*n.* 特點　　photo〔'foto〕*n.* 照片　　***take a photo*** 拍照
end〔εnd〕*n.* 結束　　roller coaster〔'rolɚ'kostɚ〕*n.* 雲霄飛車

第 35 至 37 題

導盲犬在很多方面都會幫助盲人。若沒有訓練有素的導盲犬協助，很多盲人都無法四處走動。導盲犬經歷廣泛的訓練。一隻導盲犬需要二到五年，才可以和一個盲人配對。訓練包含基本的服從，還有服務犬的訓練。提供保護和陪伴，是導盲犬幫助盲人的其他方式。服務犬的訓練需要最少兩年才能完成。狗兒會學習如何按照指令前進或左右轉。更進階的指令包括，學會如何在過馬路前停下來，和帶領矇住眼睛的馴犬員安全地繞過障礙物。此外，在這段期間，狗兒會學習只守衛著牠的馴犬員。在成功完成訓練後，狗兒才會和盲人配對。

* guide〔gaɪd〕*n.* 嚮導　　***guide dog*** 導盲犬　　***get around*** 四處走動
train〔tren〕*v.* 訓練　　***well-trained*** *adj.* 訓練有素的　　***go through*** 經歷
extensive〔ɪk'stεnsɪv〕*adj.* 廣泛的　　training〔'trenɪŋ〕*n.* 訓練
take〔tek〕*v.* 花（時間）　　match〔mætʃ〕*v.* 配對
disabled〔dɪs'eblḍ〕*adj.* 殘障的　　include〔ɪn'klud〕*v.* 包括
basic〔'besɪk〕*adj.* 基礎的　　obedience〔ə'bidɪəns〕*n.* 服從
service〔'sɝvɪs〕*n.* 服務　　provide〔prə'vaɪd〕*v.* 提供
protection〔prə'tεkʃən〕*n.* 保護
companionship〔kəm'pænjən,ʃɪp〕*n.* 陪伴
minimum〔'mɪnəməm〕*n.* 最小值　　complete〔kəm'plit〕*v.* 完成
forward〔'fɔrwəd〕*adv.* 向前地　　command〔kə'mænd〕*n.* 指令
on command 按照指令　　advanced〔əd'vænst〕*adj.* 進階的
cross〔krɔs〕*v.* 橫越　　lead〔lid〕*v.* 帶領
blindfolded〔'blaɪnd,foldɪd〕*adj.* 矇住眼睛的
handler〔'hændlɚ〕*n.* 馴犬員　　obstacle〔'abstḷkl̩〕*n.* 障礙物
guard〔gard〕*v.* 守衛　　completion〔kəm'pliʃən〕*n.* 完成

35.(**B**) 本文最佳標題爲何？

(A) 導盲犬對社會所做的事情。

(B) <u>導盲犬如何被訓練來幫助盲人。</u>

(C) 全世界導盲犬的品種。　　(D) 盲人所面臨的障礙。

* society〔sə'saɪətɪ〕*n.* 社會　　***the blind*** 盲人

　breed〔brid〕*n.* 品種　　***be faced with*** 面臨

36.(**D**) 作者在本文中暗示什麼？

(A) 導盲犬通常比普通狗還要聰明。

(B) 老狗比年輕的狗更適合當導盲犬。

(C) 任何一種狗在完整的訓練後都可以成爲導盲犬。

(D) <u>一隻狗要學會如何幫助盲人需要很久的時間。</u>

* author〔'ɔθɚ〕*n.* 作者　　imply〔ɪm'plaɪ〕*v.* 暗示

　smart〔smɑrt〕*adj.* 聰明的　　ordinary〔'ɔrdn̩ˌɛrɪ〕*adj.* 普通的

　complete〔kəm'plit〕*adj.* 完整的；完全的

37.(**A**) 第 10 行的「advanced」意思最接近下列何者？

(A) <u>困難的。</u>　　(B) 個人的。　　(C) 軍事的。　　(D) 直接的。

* personal〔'pɝsn̩l〕*adj.* 個人的　　military〔'mɪləˌtɛrɪ〕*adj.* 軍事的

　direct〔də'rɛkt〕*adj.* 直接的

第 38 至 40 題

　　日本人非常重視餐桌禮儀。爲了表達對食物和飲料的敬重，在吃日本料理的時候，有幾件事情應該要遵守。第一，日本湯是要直接就碗喝的，所以忘掉湯匙吧。此外，務必不要留下食物。在日本，在盤子上留下食物，被認爲是很無禮的，特別是把飯粒留在盤子裡，因爲這象徵浪費。此外，如果有人給你飲料，只要把杯子舉起，在喝下去之前說「kanpai」，這是日文說「乾杯」的方式。還有，拿茶杯要用正確的方式。茶在日本料理中是很常見的飲料。傳統的亞洲茶杯並沒有握把，所以要用一隻手握住茶杯，另外一隻手從茶杯下方托住，來表達禮貌。

* value〔'vælju〕*v.* 重視　　manners〔'mænəz〕*n., pl.* 禮儀
table manners 餐桌禮儀　　several〔'sɛvərəl〕*adj.* 好幾個
follow〔'fɑlo〕*v.* 遵循　　express〔ɪk'sprɛs〕*v.* 表達
respect〔rɪ'spɛkt〕*n.* 尊重　　mean〔min〕*v.* 意味著
be meant to V 目的是　　directly〔də'rɛktlɪ〕*adv.* 直接地
bowl〔bol〕*n.* 碗　　spoon〔spun〕*n.* 湯匙　　***be sure to V*** 務必
leave〔liv〕*v.* 留下　　consider〔kən'sɪdə〕*v.* 認為
offensive〔ə'fɛnsɪv〕*adj.* 無禮的　　plate〔plet〕*n.* 盤子
especially〔ə'spɛʃəlɪ〕*adv.* 特別地；尤其　　rude〔rud〕*adj.* 不禮貌的
symbolize〔'sɪmbḷ͵aɪz〕*v.* 象徵　　plus〔plʌs〕*adv.* 再者；此外
offer〔'ɔfə〕*v.* 提供；給　　raise〔rez〕*v.* 舉起　　cheers〔tʃɪrz〕*n.* 乾杯
hold〔hold〕*v.* 拿；握　　teacup〔'ti͵kʌp〕*n.* 茶杯
properly〔'prɑpəlɪ〕*adv.* 適當地；正確地　　common〔'kɑmən〕*adj.* 常見的
meal〔mil〕*n.* 餐點　　traditional〔trə'dɪʃənḷ〕*adj.* 傳統的
handle〔'hændḷ〕*n.* 把手　　support〔sə'port〕*v.* 支持；支撐
underneath〔͵ʌndə'niθ〕*adv.* 在…之下　　politeness〔pə'laɪtnɪs〕*n.* 禮貌

38.(**B**) 根據本文，如果有人給你飲料，你應該怎麼做？

    (A) 用日文說出「Cheese」。　　　(B) 把杯子舉起來然後乾杯。

    (C) 正確地拿著酒杯。　　　　　　(D) 喝下去然後說「Kanpai」。

    * lift〔lɪft〕*v.* 舉起　　toast〔tost〕*n.* 乾杯

39.(**D**) 根據本文，為什麼飯粒留在盤子裡會被認為不禮貌？

    (A) 這意味著你不喜歡那個食物。

    (B) 這顯示出你想要吃別的東西。

    (C) 這表示你想要早點離開。　　(D) 這帶有浪費的意涵。

    * indicate〔'ɪndə͵ket〕*v.* 表示　　carry〔'kærɪ〕*v.* 帶有
    meaning〔'minɪŋ〕*n.* 意義　　wasteful〔'westfəl〕*adj.* 浪費的

40.(**A**) 本文暗示什麼？

    (A) 尊重食物在日本文化中是很重要的。

    (B) 日本人喜歡在吃飯的時候發出一堆噪音。

    (C) 日本茶是在世界各地都受歡迎的飲料。

    (D) 日本人不喜歡用湯匙吃飯。

    * imply〔ɪm'plaɪ〕*v.* 暗示　　culture〔'kʌltʃə〕*n.* 文化

中級英語檢定模擬試題 ④ 詳解

第一部份：看圖辨義

第一題和第二題，請看圖片 **A**。

1. (**D**) 圖片中有多少人穿著長袖襯衫？

    A. 一人。　　　　　　　B. 二人。

    C. 三人。　　　　　　　D. <u>沒有人。</u>

    * sleeve〔sliv〕*n.* 袖子　　***long sleeved*** 長袖的

2. (**A**) 請再看圖片 **A**。

    哪一個敘述最能描述這個圖？

    A. <u>一位女士正在接受一組電視新聞小組的訪問。</u>

    B. 一位男士正在用手機通報一場意外。

    C. 有一些建築工人正在安裝一個窗戶。

    D. 有一些小孩正在公園裡玩。

    * describe〔dɪ'skraɪb〕*v.* 描述　　interview〔'ɪntɚˌvju〕*v.* 訪問
    crew〔kru〕*n.* 一組工作人員　　***cell phone*** 手機
    report〔rɪ'port〕*v.* 報告；報導　　accident〔'æksədənt〕*n.* 意外
    construction〔kən'strʌkʃən〕*n.* 建築　　install〔ɪn'stɔl〕*v.* 安裝

第三題到第五題，請看圖片 B。

3. (**C**) 這張海報的主要目的為何？

    A. 為提供折扣給顧客。

    B. 為宣布一個新地點。

    C. <u>為所提供的服務登廣告。</u>

    D. 為了販賣影印機和印表機。

    * printshop〔'prɪntˌʃɑp〕*n.* 印刷廠；影印店
    print〔prɪnt〕*v.* 印刷
    design〔dɪ'zaɪn〕*v.* 設計　　reliable〔rɪ'laɪəbḷ〕*adj.* 可靠的

above all 尤其；最重要的是　　local〔'lokḷ〕*adj.* 當地的
competitor〔kəm'pɛtətə〕*n.* 競爭者　　union〔'junjən〕*n.* 聯合
purpose〔'pɝpəs〕*n.* 目的　　poster〔'postə〕*n.* 海報
offer〔'ɔfə〕*v.* 提供　　discount〔'dɪskaunt〕*n.* 折扣
announce〔ə'nauns〕*v.* 宣布　　location〔lo'keʃən〕*n.* 位置；地點
advertise〔'ædvə,taɪz〕*v.* 登廣告　　service〔'sɝvɪs〕*n.* 服務
provide〔prə'vaɪd〕*v.* 提供　　copier〔'kɑpɪə〕*n.* 影印機
printer〔'prɪntə〕*n.* 印表機；印刷機

4. (**A**) 請再看圖片 B。這張海報最有可能在哪裡看到？

A. 在一所大學校園裡。　　　　B. 在機場。
C. 在公立的公園裡。　　　　　D. 在旅遊雜誌裡。

* campus〔'kæmpəs〕*n.* 校園　　public〔'pʌblɪk〕*adj.* 公立的

5. (**D**) 請再看圖片 B。這張海報沒有提供哪一項訊息？

A. 營業時間。　　　　　　　　B. 地點。
C. 可得到的服務。　　　　　　D. 付款方式。

* information〔,ɪnfə'meʃən〕*n.* 訊息　　operation〔,ɑpə'reʃən〕*n.* 營運
available〔ə'veləbḷ〕*adj.* 可獲得的　　method〔'mɛθəd〕*n.* 方法
payment〔'pemənt〕*n.* 付款

第六題和第七題，請看圖片 C。

6. (**A**) 波莉列了一份清單。
這份清單是做什麼的？

A. 家庭用品。
B. 學術性的工作。
C. 假日的禮物。　　　　　D. 醫療服務。

Polly's Shopping List

☑ **Milk**　　　☐ **Bread**
☐ **Eggs**　　　☑ **Olive oil**
☑ **Toilet paper**　☐ **Toothpaste**

* list〔lɪst〕*n.* 清單　　*shopping list* 購物清單
olive〔'ɑlɪv〕*n.* 橄欖　　toilet〔'tɔɪlɪt〕*n.* 馬桶；廁所
toilet paper 衛生紙　　toothpaste〔'tuθ,pest〕*n.* 牙膏
household〔'haus,hold〕*adj.* 家庭的　　item〔'aɪtəm〕*n.* 物品
academic〔,ækə'dɛmɪk〕*adj.* 學術的　　task〔tæsk〕*n.* 工作；任務
medical〔'mɛdɪkḷ〕*adj.* 醫療的　　service〔'sɝvɪs〕*n.* 服務

7. (**D**) 請再看圖片 C。關於波莉何者正確？
　　　A. 她已經買了牛奶和麵包。　　B. 她沒有刷牙。
　　　C. 她需要蔬菜。　　　　　　　D. <u>她已經買了清單上一半的物品。</u>
　　　* brush 〔 brʌʃ 〕 v. 刷洗　　***brush one's teeth*** 刷牙

第八題和第九題，請看圖片 **D**。

8. (**C**) 關於這位男士何者正確？
　　　A. 他沒有穿鞋子。
　　　B. 他戴眼鏡。
　　　C. <u>他穿長褲。</u>
　　　D. 他站著。

9. (**D**) 請再看圖片 D。這張圖片是哪一項敘述的圖解？
　　　A. 站著背靠牆，雙腳分開與肩膀同寬。蹲下到成為坐姿。
　　　B. 坐下雙腿交疊。用你右手食指摸自己的鼻子。吐氣數到 10。
　　　C. 雙手握拳置於腰部。伸出雙拳，屈膝。將雙臂舉高，腹部縮緊。
　　　D. <u>正面平躺。把雙臂雙手平放在地上。舉起你的左腿到呈 90 度。</u>
　　　* instruction 〔 ɪn'strʌkʃən 〕 n. 說明　　illustrate 〔'ɪləstret 〕 v. 圖解
　　　shoulder 〔'ʃoldɚ 〕 n. 肩膀　　width 〔 wɪdθ 〕 n. 寬度
　　　apart 〔 ə'pɑrt 〕 adv. 分開地　　squat 〔 skwɑt 〕 v. 蹲下
　　　seated 〔'sitɪd 〕 adj. 坐著的　　position 〔 pə'zɪʃən 〕 n. 姿勢
　　　cross 〔 krɔs 〕 v. 交叉；交疊　　index 〔'ɪndɛks 〕 n. 索引
　　　index finger 食指　　touch 〔 tʌtʃ 〕 v. 觸摸；碰
　　　exhale 〔 ɛks'hel 〕 v. 呼氣；吐氣　　count 〔 kaʊnt 〕 v. 數
　　　hold 〔 hold 〕 v. 握住　　fist 〔 fɪst 〕 n. 拳頭　　waist 〔 west 〕 n. 腰部
　　　extend 〔 ɪk'stɛnd 〕 v. 延伸；伸出　　bend 〔 bɛnd 〕 v. 彎曲
　　　knee 〔 ni 〕 n. 膝蓋　　raise 〔 rez 〕 v. 舉起
　　　tighten 〔'taɪtn 〕 v. 使變緊；繃緊　　stomach 〔'stʌmək 〕 n. 胃；腹部
　　　lie 〔 laɪ 〕 v. 躺　　flat 〔 flæt 〕 adj. 平的　　***lie flat*** 平躺
　　　lie on your back 正面仰躺　　rest 〔 rɛst 〕 v. 擺著；放著
　　　ground 〔 graʊnd 〕 n. 地面　　degree 〔 dɪ'gri 〕 n. 度數
　　　angle 〔'æŋgl 〕 n. 角度；角

第十題和第十一題，請看圖片 **E**。

10.(**D**) 從這個表格中，關於這些公立游泳池，我們可以得知什麼？

A. 它們雇用的救生員。　　　　B. 它們何時興建。

C. 它們供應的點心。　　　　　D. 它們開放的時間。

* table〔'tebl̩〕*n.* 桌子；表格　　lifeguard〔'laɪf,gɑrd〕*n.* 救生員
employ〔ɪm'plɔɪ〕*v.* 雇用　　refreshments〔rɪ'frɛʃmənts〕*n. pl.* 點心
serve〔sɝv〕*v.* 服務；供應（餐點）　　harbor〔'hɑrbɚ〕*n.* 港口
point〔pɔɪnt〕*n.* 點；岬角　　village〔'vɪlɪdʒ〕*n.* 村莊
fee〔fi〕*n.* 費用　　resident〔'rɛzədənt〕*n.* 居民
ID〔'aɪ'di〕*n.* 身分證（= *ID card* = *identity card*）
fitness〔'fɪtnɪs〕*n.* 健康　　***fitness center*** 健身中心；健身房

PUBLIC SWIMMING POOLS IN CHARLESTON

	Bucktown	Harrison Park	Harbor Point	Swannee Village
Open Hours	6:00 – 20:00	6:30 – 21:00	7:00 – 18:00	6:00 – 22:00
Fee	$2.50	Free w/ resident ID	$2.50	$5.00
Fitness Center	☒	☑	☒	☑
Swim School	☑	☑	☑	☑

11.(**C**) 請再看圖片 **E**。下列哪項敘述是正確的？

A. 除了哈理遜公園之外，所有的游泳池都免費。

B. 巴克鎮有健身房。　　　　C. 所有游泳池都有提供游泳課程。

D. 海港岬的費用最高。

* except〔ɪk'sɛpt〕*prep.* 除了～之外

第十二題和第十三題，請看圖片 **F**。

12.(**D**) 哪一個是最受歡迎的夏令營活動？

A. 戲劇。　　B. 數學。　　C. 啦啦隊表演。　　D. 樂隊。

* **summer camp** 夏令營　　activity〔æk'tɪvətɪ〕*n.* 活動
drama〔'drɑmə〕*n.* 戲劇　　cheerleading〔'tʃɪr,lidɪŋ〕*n.* 啦啦隊表演
band〔bænd〕*n.* 樂隊
sign-up〔'saɪn,ʌp〕*n.* 簽約；報名

13. (**C**) 請再看圖片 F。
比較這四種夏令營的活動。
哪一個敘述是正確的？

A. 數學受歡迎的程度是戲劇的
兩倍。

B. 啦啦隊表演受歡迎程度是樂隊的一半。

C. <u>啦啦隊表演和數學的報名人數一樣多。</u>

D. 樂隊的報名人數比戲劇和數學加起來還多。

* compare〔kəm'pɛr〕*v.* 比較　　combine〔kəm'baɪn〕*v.* 結合

第十四題和第十五題，請看圖片 G。

14. (**A**) 在這張地圖上，你在哪裡可以找到新到貨？

A. <u>在商店中央。</u>　　　　　　B. 在長褲的右邊。
C. 在襯衫的旁邊。　　　　　D. 在櫃台的後面。

* arrival〔ə'raɪvl〕*n.* 到達；到達的人或物　　map〔mæp〕*n.* 地圖
center〔'sɛntɚ〕*n.* 中心；中央
pants〔pænts〕*n. pl.* 長褲
next to 在～旁邊
behind〔bɪ'haɪnd〕*prep.* 在～後面
cashier〔kæ'ʃɪr〕*n.* 出納員；櫃台
fashion〔'fæʃən〕*n.* 流行；時尚
boutique〔bu'tik〕*n.* 服裝店
suit jacket 西裝、套裝外套
fitting room 試衣間
accessory〔æk'sɛsərɪ〕*n.* 配件
dress shirt 男用襯衫　　seasonal〔'siznəl〕*adj.* 季節性的

15. (**A**) 請再看圖片 G。我在喬西的時裝店裡。我看著西裝外套，而男用
襯衫在我的左邊。我的右前方是什麼？

A. <u>試衣間。</u>　　　　　　　　B. 特價品。

C. 毛衣。　　　　　　　　　　D. 清倉物品。

* sale〔sel〕*n.* 特價　　item〔'aɪtəm〕*n.* 物品
sweater〔'swɛtɚ〕*n.* 毛衣　　clearance〔'klɪrəns〕*n.* 清除；清倉

第二部份：問答

16.(**A**) 我不敢相信吉姆的公寓會這麼亂。

A. <u>他不太會整理家務。</u>　　　B. 他一定投注了很多心力。

C. 我下午比較喜歡清淡的餐點。　D. 我要求他粉刷廚房。

* messy〔'mɛsɪ〕*adj.* 凌亂的　　apartment〔ə'pɑrtmənt〕*n.* 公寓
not much of a… 不是很好的…　　housekeeper〔'haʊs,kipɚ〕*n.* 管家
effort〔'ɛfɚt〕*n.* 努力　　prefer〔prɪ'fɝ〕*v.* 比較喜歡
light〔laɪt〕*adj.* 清淡的　　paint〔pent〕*v.* 油漆；粉刷

17.(**C**) 關於我的支出報告，我是否應該聯絡一下會計部的費歐娜？

A. 那將在會議室舉行。　　　　B. 使用說明手冊在你的桌上。

C. <u>趁她還在辦公室，你現在就去。</u>

D. 你所有的支出都會退還給你。

* contact〔'kɑntækt〕*v.* 聯絡　　accounting〔ə'kaʊtɪŋ〕*n.* 會計
expense〔ɪk'spɛns〕*n.* 花費；費用；支出
hold〔hold〕*v.* 舉行　　conference〔'kɑnfərəns〕*n.* 會議
instruction〔ɪn'strʌkʃən〕*n.* 教導；使用說明
manual〔'mænjʊəl〕*n.* 手冊　　reimburse〔,riɪm'bɝs〕*v.* 償還；退款

18.(**C**) 你寫這篇報告花了多久時間？

A. 週三到期。　　　　　　　　B. 奧斯卡幫了我。

C. <u>兩三個小時。</u>　　　　　　D. 六點鐘。

* due〔dju〕*adj.* 到期的　　***a couple of*** 兩三個

19.(**D**) 你的老師對你昨天的報告滿意嗎？

A. 我是。　　　　　　　　　　B. 我是。

C. 我告訴過你的。　　　　　　D. <u>我希望會。</u>

* satisfied (ˈsætɪsˌfaɪd) *adj.* 滿意的 < *with* >
presentation (ˌprɛzn̩ˈteʃən) *n.* 發表；報告

20. (**A**) 理查，你為什麼還沒睡覺？已經超過你睡覺時間很久了。

　　A. 我正在準備明天的考試，媽媽。
　　B. 當我回到家時，它不在那裡，媽媽。
　　C. 您昨天給了我一個了，媽媽。
　　D. 我晚一點再做，媽媽。

　　* up (ʌp) *adv.* 起床；沒睡覺　　way (we) *adv.* 很遠地；非常地
　　past (pæst) *prep.* 超過　　later (ˈletɚ) *adv.* 更晚

21. (**A**) 海蒂和史賓賽接下來三個月會在法國南部度過。

　　A. 我真羨慕他們。一定很棒。
　　B. 這裡通風不太好。開個窗戶什麼的吧。
　　C. 不能說我有。那你呢？
　　D. 還沒有。我們給他們幾分鐘吧。

　　* envy (ˈɛnvɪ) *v.* 羨慕　　stuffy (ˈstʌfɪ) *adj.* 通風不良的

22. (**B**) 潔姬為了什麼事情這麼興奮？

　　A. 我們在那裡只停留二天。　　B. 她加入啦啦隊了。
　　C. 你人真好願意加入我們。　　D. 所有的燈光都會打在他們身上。

　　* make (mek) *v.* 加入　　***cheerleading team*** 啦啦隊
　　light (laɪt) *n.* 燈光

23. (**C**) 你和吉娜被分配到哪一棟宿舍？

　　A. 俄亥俄州立大學。　　B. 我週五會去那裡。
　　C. 我們住肯新頓樓。　　D. 我將會主修化學。

　　* residence (ˈrɛzədəns) *n.* 住宅；居住　　hall (hɔl) *n.* 會館；宿舍
　　residence hall 學生宿舍 (= *hall of residence* = *dormitory*)
　　assign (əˈsaɪn) *v.* 分配；指派　　major (ˈmedʒɚ) *v.* 主修 < *in* >
　　chemistry (ˈkɛmɪstrɪ) *n.* 化學

24. (**A**) 你農曆新年要去哪裡？

    A. 哪裡都不去。我會待在家裡。

    B. 一直都是。它是我的最愛。

    C. 讓我知道。歡迎你加入我們。   D. 偶爾。那很有趣。

    * *all the time* 一直；總是   favorite〔'fevərɪt〕*n.* 最愛

    (*every*) *now and then* 偶爾；有時

25. (**D**) 如果我早知道票這麼快就賣完，我就多買幾張。

    A. 我看來真的很像。   B. 你準備好就過來。

    C. 在售票處的某個地方。

    D. 至少你搶到了第二晚的兩張票。

    * *sell out* 賣完   *box office* 售票處；票房   score〔skor〕*v.* 獲得

26. (**A**) 如果我早知道這個披薩這麼好吃，我老早就來這裡了。

    A. 來，再吃一片。   B. 不，那不是我的。

    C. 當然，你可以使用。   D. 天啊，也許是他做的。

    * slice〔slaɪs〕*n.* 薄片；一片

27. (**B**) 你比較想要今天晚上工作到晚一點，還是週六早上再來？

    A. 我今天下午不想外出。   B. 我寧願週六早上不要來。

    C. 我有二份完全不同的工作。   D. 是的，我有更多選擇。

    * prefer〔prɪ'fɝ〕*v.* 比較喜歡   *feel like V-ing* 想要

    would rather V 寧願   completely〔kəm'plitlɪ〕*adv.* 完全地

    task〔tæsk〕*n.* 工作   choice〔tʃɔɪs〕*n.* 選擇

28. (**B**) 爸爸，珍妮和莎拉晚上一起去可以嗎？

    A. 你可以做得更好。這次專心一點。

    B. 我沒問題。你問過你媽媽了嗎？

    C. 沒有人告訴過我那件事。沒有人告訴我任何事。

    D. 他們可能對那個不會太滿意。試試不同的顏色。

    * concentrate〔'kɑnsṇ,tret〕*v.* 專心

29. (**D**) 大會開始的基本方針演說由誰主講？

    A. 在週五。   B. 在六點鐘。

    C. 超過二萬人。   D. <u>喬‧康納利。</u>

    * keynote〔'ki,not〕*n.* 基本方針　***keynote speech/address*** 基本方針演說
    kick off 開始　convention〔kən'vɛnʃən〕*n.* 會議；大會

30. (**C**) 我很訝異在晚上這個時間車還這麼多。

    A. 我晚一點來接你。   B. 把冷氣機打開。

    C. <u>公園裡有一場音樂節。</u> D. 我們的班機準時。

    * ***pick up*** 開車載；接送　***turn on*** 打開
    air conditioner 空調；冷氣機　festival〔'fɛstəvl〕*n.* 節慶
    flight〔flaɪt〕*n.* 班機　***on time*** 準時

第三部份：簡短對話

31. (**B**) 女：這是你的工作台嗎？

    男：是的。這裡就是變魔術的地方。

    女：你真的三個電腦螢幕都會用到嗎？

    男：噢，是的。它們對於複雜的設計案特別有用。

    女：你通常都處理哪一種設計案呢？

    男：現在我正在為一家旅行社做一個雜誌的摺頁廣告。裡面包含
         了總共六個畫面，實際上有數十個不同的版面設計。

    女：我懂了。所以不只一個螢幕可能就派上用場了。

    男：正是。

    問：這段對話可能發生在什麼地方？

    A. 在旅行社。   B. <u>在廣告公司。</u>

    C. 在郵局。   D. 在圖書館。

    * ***work station*** 工作台　magic〔'mædʒɪk〕*n.* 魔法；魔術
    monitor〔'manətə〕*n.*（電腦）顯示器；螢幕
    particularly〔pə'tɪkjələlɪ〕*adv.* 特別地；尤其
    complicated〔'kamplə,ketɪd〕*adj.* 複雜的　design〔dɪ'zaɪn〕*n.* 設計
    project〔'pradʒɛkt〕*n.* 計劃；方案　sort〔sɔrt〕*n.* 種類

handle〔ˈhændḷ〕v. 處理　***right now*** 現在　***work on*** 著手進行

fold-out〔ˈfoldˌaʊt〕n.（雜誌、書中的）摺頁

advertisement〔ˌædvɚˈtaɪzmənt〕n. 廣告（= *ad*）

agency〔ˈedʒənsɪ〕n. 代辦處　***travel agency*** 旅行社

contain〔kənˈten〕v. 包含　total〔ˈtotḷ〕n. 總計；總額

panel〔ˈpænḷ〕n. 畫板；面板　literally〔ˈlɪtərəlɪ〕adv. 字面上；實際上

dozens of 數十個　layout〔ˈleˌaʊt〕n. 版面設計

handy〔ˈhændɪ〕adj. 便利的　***come in handy*** 有用；派上用場

exactly〔ɪgˈzæktlɪ〕adv. 正是；沒錯【用於肯定回答】

advertising agency 廣告公司

32.（**C**）男：嗨，唐雅。我是郵件收發室的瑞克。

女：嘿，郵件收發室的瑞克。有什麼事嗎？

男：聽著，郵件收發室這裡正在拆天花板，要把一些電線拆下來。

女：我聽說了。一團混亂吧，哈？

男：基本上我們把整個作業系統都關閉了，唐雅。如果妳今天早上
　　在等待任何重要文件的話，請從你們部門派人來櫃台。

女：謝謝你的提醒，瑞克。我事實上是在等一位可能的新供應商送
　　來的織物樣品。

男：同時，我們也要請求妳留住任何對外的郵件或快遞員，直到
　　有進一步的通知。

女：瑞克，你知道這個情形會持續多久嗎？

男：不知道。我們正在裝卸平台設立一個臨時的作業系統，到明天
　　早上之前，我們應該能夠恢復大部分的正常服務。不過我沒有
　　做出任何承諾喔。我會通知妳的。

女：謝謝了，老兄。

問：瑞克說他將會做什麼？

A. 把郵件收發室的天花板磁磚換掉。

B. 與新的織物供應商會面。

C. <u>有更新的消息會聯絡這位女士。</u>

D. 派人去櫃台。

* ***mail room*** 郵件收發室　tear〔tɛr〕v. 拆除

ceiling〔ˈsilɪŋ〕n. 天花板　***get at*** 接近；抓住

wire〔waɪr〕*n.* 電線　　mess〔mɛs〕*n.* 一團亂
basically〔'bɛsɪklɪ〕*adv.* 基本上　　***shut down*** 關閉
entire〔ɪn'taɪr〕*adj.* 整個　　operation〔ˌɑpə'reʃən〕*n.* 作業；運作
expect〔ɪk'spɛkt〕*v.* 期待；等待　　document〔'dɑkjəmənt〕*n.* 文件
department〔dɪ'pɑrtmənt〕*n.* 部門　　***front desk*** 櫃台
heads up 警告；提醒　　actually〔'æktʃuəlɪ〕*adv.* 實際上
textile〔'tɛkstḷ〕*adj.* 紡織的；織物的　　sample〔'sæmpḷ〕*n.* 樣本
potential〔pə'tɛnʃəl〕*adj.* 可能的　　supplier〔sə'plaɪɚ〕*n.* 供應商
meanwhile〔'minˌhwaɪl〕*adv.* 同時　　request〔rɪ'kwɛst〕*v.* 要求
hold on to 保留　　outgoing〔aʊt'goɪŋ〕*adj.* 向外的
courier〔'kurɪɚ〕*n.* 快遞員　　delivery〔dɪ'lɪvərɪ〕*n.* 遞送
further〔'fɝðɚ〕*adj.* 進一步的　　notice〔'notɪs〕*n.* 通知
last〔læst〕*v.* 持續　　***set up*** 設立
temporary〔'tɛmpəˌrɛrɪ〕*adj.* 臨時的　　load〔lod〕*v.* 裝載
dock〔dɑk〕*n.* 船塢；碼頭　　***loading dock*** 裝卸平台
resume〔rɪ'zum〕*v.* 恢復　　regular〔'rɛgjəlɚ〕*adj.* 正常的
service〔'sɝvɪs〕*n.* 服務　　promise〔'prɑmɪs〕*n.* 承諾
post〔post〕*v.* 通知　　buddy〔'bʌdɪ〕*n.* 伙伴；兄弟
replace〔rɪ'ples〕*v.* 更換；取代　　tile〔taɪl〕*n.* 磁磚
contact〔'kɑntækt〕*v.* 聯絡　　updated〔ʌp'detɪd〕*adj.* 更新的

33. (**B**) 男：妳旅行所需要的東西不是都有了嗎？我們爲什麼又來這裡？
女：我只是要來看一些東西。我可能會看到我需要的。
男：太棒了。又一個下午浪費在購物上。
女：如果你不想來，你不必來呀。我說過你可以待在家裡的。
男：妳知道我待在家裡會發生什麼事情嗎？比起如果我緊跟著，妳
　　會花掉兩倍的錢。
女：噢，拜託。我又不是揮霍的人。
問：這位女士告訴這位男士什麼？
A. 他花太多錢了。　　　　　B. 他不必來購物。
C. 他需要一個新衣櫥。　　　D. 他花錢很小氣。

* tag〔tæg〕*v.* 附上標籤；緊跟著
　spendthrift〔'spɛndˌθrɪft〕*n.* 揮霍的人
　wardrobe〔'wɔrdˌrob〕*n.* 衣櫥　　cheap〔tʃip〕*adj.* 小氣的

34. (**C**) 女：我可以問你一個問題嗎？

男：妳剛剛問了。

女：不是，我是指工作上的。

男：請說。

女：是有關一位特定的員工，他有可能或沒有可能，與另一位員工有不適當的接觸。

男：問題是什麼？

女：像那樣的情形要如何報告呢？是必須要由相關員工自己提出抱怨呢？還是目擊證人可以提出聲明呢？

男：嗯，妳應該去找人事部門的艾妮塔‧維克斯談談。

問：這位男士建議這位女士做什麼？

A. 與那名員工對質。　　　　　B. 提出休假要求。

C. <u>和另一個部門的人談談。</u>　　D. 停止做不適當的接觸。

* particular〔pə'tɪkjələ〕*adj.* 特定的　　employee〔ɛmplɔɪ'i〕*n.* 員工
inappropriate〔ˌɪnə'proprɪɪt〕*adj.* 不適當的
contact〔'kɑntækt〕*n.* 接觸　　situation〔ˌsɪtʃu'eʃən〕*n.* 情形
report〔rɪ'port〕*v.* 報告　　complaint〔kəm'plent〕*n.* 抱怨；控訴
involved〔ɪn'vɑlvd〕*adj.* 牽涉在內的；有關的
witness〔'wɪtnɪs〕*n.* 目擊者；證人　　file〔faɪl〕*v.* 提出（訴訟等）
statement〔'stetmənt〕*n.* 敘述；聲明　　personnel〔ˌpɝsn'ɛl〕*n.* 人事
department〔dɪ'pɑrtmənt〕*n.* 部門　　suggest〔sə'dʒɛst〕*v.* 建議
confront〔kən'frʌnt〕*v.* 面對；對質　　request〔rɪ'kwɛst〕*n.* 要求

35. (**C**) 女：我下星期可能每天都要工作到很晚。

男：為什麼？

女：哈洛德‧卡特昨天下午中風了。他現在還行，但還沒有出院。他們將他留下觀察測試。他至少一週都不會進辦公室。

男：那真是太糟糕了。哈洛德幾歲？

女：他才 48 歲，但是就我所知，他過去有過心臟病，心臟疾病是他家族遺傳。

男：嗯，那有點可怕。但是他不在為什麼妳就要加班？

女：現在是報稅季節。我們必須檢查所有的財務紀錄，確定數字加起來都能吻合。

問：這位男士可能在和誰講話？

A. 一位醫生。　　　　　　　B. 一位科學家。

C. 一位會計師。　　　　　　D. 一位治療師。

* suffer (ˈsʌfɚ) v. 遭受　　stroke (strok) n. 中風
release (rɪˈlis) v. 釋放　　observation (ˌɑbzɚˈveʃən) n. 觀察
trouble (ˈtrʌbl̩) n. 疾病　　past (pæst) n. 過去
in the past 在過去　　run (rʌn) v. 流傳　　*kind of* 有點
scary (ˈskɛrɪ) adj. 可怕的　　absence (ˈæbsn̩s) n. 缺席
tax (tæks) n. 稅　　season (ˈsizn̩) n. 季節
financial (faɪˈnænʃəl) adj. 財務的　　record (ˈrɛkɚd) n. 紀錄
make sure 確定；查明　　*add up* 數字加起來吻合
accountant (əˈkaʊntənt) n. 會計師　　therapist (ˈθɛrəpɪst) n. 治療師

36. (**B**) 男：妳今天早上看到萊利了嗎？

女：有啊，親愛的。他很早就起床，8 點以前就出門了。

男：那個小…

女：有什麼問題嗎？

男：他今天早上應該要幫我粉刷車庫的。

女：噢，我想他沒吃早餐就離開了很奇怪。他早上通常都很餓的。

問：這位女士覺得萊利今天早上的什麼行為很奇怪？

A. 他睡超過 8 點。　　　　　B. 他沒有吃早餐。

C. 他自願粉刷車庫。　　　　D. 他沒有看電視。

* suppose (səˈpoz) v. 以為　　*be supposed to V* 被認為要～；應該
paint (pent) v. 油漆；粉刷　　garage (gəˈrɑʒ) n. 車庫
quite (kwaɪt) adv. 相當地　　behavior (bɪˈhevjɚ) n. 行為
past (pæst) prep. 超過　　volunteer (ˌvɑlənˈtɪr) v. 自願

37. (**A**) 女：我可以幫你找東西嗎？

男：我正在看這些跑步鞋，看起來都很相似，但有些只要 1,500 元，而有些卻超過 5,000 元。為什麼？

女：嗯，那是因為它們在使用的材質品質上大不相同。有些是防水的，而有些提供足弓額外的支撐。你要試穿幾雙看看嗎？

男：只要一雙——藍色那雙——11 號。

問：什麼原因使得這位男士對這些跑步鞋很好奇？

A. 它們的價格差距很大。 B. 它們很不尋常的設計。

C. 它們的尺寸很多。 D. 它們沒有保證書。

* appear〔ə'pɪr〕v. 似乎；看起來　similar〔'sɪmələ〕adj. 相似的
vary〔'vɛrɪ〕v. 不同　quality〔'kwɑlətɪ〕n. 品質
material〔mə'tɪrɪəl〕n. 材質　waterproof〔'wɑtə͵pruf〕adj. 防水的
added〔'ædɪd〕adj. 增加的　arch〔ɑrtʃ〕n. 拱形；足弓
support〔sə'port〕n. 支持；支撐　*try on* 試穿
curious〔'kjʊrɪəs〕adj. 好奇的　range〔rendʒ〕n. 範圍；差距
unusual〔ʌn'juʒʊəl〕adj. 不尋常的　design〔dɪ'zaɪn〕n. 設計
variety〔və'raɪətɪ〕n. 多樣　lack〔læk〕n. 缺乏
guarantee〔͵gærən'ti〕n. 保證；保證書

38. (**C**) 女：亨利今年的生日我們要做什麼？

男：我正在想。或許到某處的海邊度假村去玩個幾天？

女：我們好幾年沒有去東海岸了。他也許會喜歡的。

男：我確定他會的。我來上網看看有什麼選擇。

問：這段對話主要是有關什麼？

A. 亨利的畢業典禮。 B. 亨利的健康。

C. 亨利的生日。 D. 亨利的工作行程。

* *a couple of* 幾個　resort〔rɪ'zɔrt〕n. 度假勝地
somewhere〔'sʌm͵hwɛr〕adv. 某處　*get online* 上網
available〔ə'veləbl̩〕adj. 可獲得的
graduation〔͵grædʒʊ'eʃən〕n. 畢業　schedule〔'skɛdʒul〕n. 時間表

39. (**C**) 男：妳星期六要去學校的大學博覽會嗎？

女：不，我要工作。

男：噢，妳開始去時裝店兼職工作了嗎？

女：是的。我上個週末開始的。

男：情況如何？

女：很好。做一些讀書以外的事情很不錯，而且我確信，額外的錢
也很有用。

男：我真羨慕妳。我爸媽不會讓我兼差的。他們說成績第一。

女：我爸媽相信，真實世界的經驗和書本學習一樣重要。此外，我
　　也要在時裝業起步，這正是我想要追求的事業。

問：這位女士為什麼不去大學博覽會？

A. 她必須讀書。　　　　　　　B. 她不在城裡。

C. <u>她必須工作。</u>　　　　　　D. 她將在上課。

* fair〔fɛr〕*n.* 市集；博覽會　　part-time〔'pɑrt'taɪm〕*adj.* 兼職的
fashion〔'fæʃən〕*n.* 時尚；時裝
boutique〔bu'tik〕*n.* 精品店；時裝店
besides〔bɪ'saɪdz〕*prep.* 除了～之外　　extra〔'ɛkstrə〕*adj.* 額外的
handy〔'hændɪ〕*adj.* 便利的　　***come in handy*** 有用；派上用場
envy〔'ɛnvɪ〕*v.* 羨慕　　grade〔gred〕*n.* 成績
folks〔foks〕*n.* 家人；雙親　　plus〔plʌs〕*adv.* 加上；此外
industry〔'ɪndəstrɪ〕*n.* 產業　　pursue〔pə'su〕*v.* 追求
career〔kə'rɪr〕*n.* 職業；事業　　miss〔mɪs〕*v.* 錯過；不出席
out of town 出城；不在城裡　　***in class*** 上課中

40. (**A**) 男：這棟房子是何時興建的？

女：最初的建築是 1955 年興建的，從那時起，經歷過幾次整修。
　　我們現在所在的房間是增建的一部份，於 1996 年完成。

男：這片地產上還有其他的建築物嗎？我在進來的路上注意到，有
　　一間穀倉還是倉庫什麼的。

女：是的，這片地產上還有其他幾棟建築物。讓我們快速在樓上到
　　處看看，然後我就帶你去看其餘的地方。

問：這位男士注意到這片地產上的什麼？

A. <u>另一棟建築物。</u>　　　　　B. 建築材料。

C. 室內的設計。　　　　　　　D. 地產的大小。

* original〔ə'rɪdʒənl̩〕*adj.* 最初的
structure〔'strʌktʃə〕*n.* 結構；建築物
construct〔kən'strʌkt〕*v.* 建築；興建　　undergo〔ˌʌndə'go〕*v.* 經歷
renovation〔ˌrɛnə'veʃən〕*n.* 修繕；整修
addition〔ə'dɪʃən〕*n.* 增加物　　complete〔kəm'plit〕*v.* 完成
property〔'prɑpətɪ〕*n.* 財產；地產　　notice〔'notɪs〕*v.* 注意
barn〔bɑrn〕*n.* 穀倉　　warehouse〔'wɛrˌhaʊs〕*n.* 倉庫

on the way in 在進來的路上　　take a quick look 很快看一看
upstairs〔'ʌp'stɛrz〕adv. 在樓上　　construction〔kən'strʌkʃən〕n. 建築
material〔mə'tɪrɪəl〕n. 材料　　interior〔ɪn'tɪrɪə〕adj. 室內的
design〔dɪ'zaɪn〕n. 設計

41. (**B**) 女：我今晚可以待在你家嗎？

男：當然，不過我以為妳說妳要回家的。

女：我是說過，但是我剛收到我室友的訊息。她的男朋友今晚要來過夜。

男：所以妳要給他們一點隱私？

女：不，我其實是受不了那個傢伙。我甚至不想待在他旁邊。

男：好吧，那妳可以睡沙發。我要去睡覺了。晚安。

問：這位女士想要做什麼？

A. 保有一點隱私。　　　　　B. 過夜。

C. 與她的男朋友見面。　　　D. 傳訊息給她的室友。

* place〔ples〕n. 地方；家　　message〔'mɛsɪdʒ〕n. 訊息
roommate〔'rum,met〕n. 室友　　privacy〔'praɪvəsɪ〕n. 隱私
actually〔'æktʃʊəlɪ〕adv. 事實上　　stand〔stænd〕v. 忍受
guy〔gaɪ〕n.（男）人；傢伙　　around〔ə'raʊnd〕prep. 在～周圍
crash〔kræʃ〕v. 住宿；睡　　couch〔kaʊtʃ〕n. 長沙發

42. (**C**) 男：好，在這裡停。就在這裡！

女：先生，我不能在這裡停。

男：在轉角右轉，在那裡停。

女：先生，這是只能右轉的車道。我必須再走遠一點才能停。

男：好，好。

問：這位男士可能在和誰說話？

A. 收銀員。　　　　　　　　B. 銷售員。

C. 計程車司機。　　　　　　D. 銀行家。

* corner〔'kɔrnə〕n. 轉角　　lane〔len〕n. 車道
further〔'fɝðə〕adv. 更進一步；更遠地　　block〔blɑk〕n. 街區
cashier〔kæ'ʃɪr〕n. 出納員；櫃台收銀員
clerk〔klɝk〕n. 職員；店員　　banker〔'bæŋkə〕n. 銀行家

43. (**D**) 女：你和珍去聽歌劇了？

　　　　男：是的。

　　　　女：我想你不喜歡那場表演？

　　　　男：不是，與表演無關，是珍。她一定有事情煩惱著。表演結束後我們沒有去喝一杯，珍要我直接開車載她回家。她整個晚上幾乎沒說話。

　　　　女：你認識她比我還熟。

　　　　男：無論如何…波特菲諾的晚餐如何？妳有點龍蝦嗎？

　　　　女：我有！一如往常你是對的。晚餐很棒。

　　　　問：這位男士昨晚沒做什麼事？

　　　　A. 看歌劇。　　　　　　　　B. 開車載珍回家。

　　　　C. 享受表演。　　　　　　　D. 表演結束後去喝一杯。

* opera〔ˋɑpərə〕*n.* 歌劇　　***take it*** 相信；認為
performance〔pəˋfɔrməns〕*n.* 表演　　program〔ˋprogræm〕*n.* 節目
bug〔bʌg〕*v.* 使煩惱　　***instead of*** 沒有；而不
straight〔stret〕*adv.* 直接地　　hardly〔ˋhɑrdlɪ〕*adv.* 幾乎不
anyway〔ˋɛnɪˏwe〕*adv.* 無論如何　　lobster〔ˋlɑbstɚ〕*n.* 龍蝦
as usual 一如往常　　fantastic〔fænˋtæstɪk〕*adj.* 很棒的

44. (**B**) 女：如果您不介意我這麼問，彼得森先生，您幾歲了？

　　　　男：我將近 48 歲了，派翠西亞。

　　　　女：您為什麼不像大部分的老人一樣有啤酒肚呢？

　　　　男：（笑）我想，以一個「老人」來說，我相當活躍。

　　　　女：我爸爸肚子就很大。他說是因為媽媽把他餵得太好了，但是我們都知道，是因為他喝太多啤酒了。

　　　　男：嗯，我自己也喜歡喝一兩杯啤酒的，派翠西亞。我想保持身材的關鍵在於運動。

　　　　問：派翠西亞可能在和誰談話？

　　　　A. 她的爸爸。　　　　　　　B. 她的老師。

　　　　C. 她的哥哥。　　　　　　　D. 她的律師。

* ***go on*** 接近（年紀、數字等）【多用進行式】
How come + 子句？為什麼…？　　belly〔ˋbɛlɪ〕*n.* 腹部；肚子

> **beer belly** 啤酒肚　　fairly (ˈfɛrlɪ) *adv.* 相當地
> active (ˈæktɪv) *adj.* 活躍的　　key (ki) *n.* 要點；關鍵
> trim (trɪm) *adj.* 苗條的　　lawyer (ˈlɔjə) *n.* 律師

45. (**D**)　女：我前幾天在網路上讀到一篇有趣的文章，有關逐漸上升的海平面。文章裡說到，由於冰河融化，到了 2020 年，紐約市大部分地方會淹沒在水下 20 呎。

　　　　男：妳知道，一提到新聞時，我們說什麼嗎？妳所看到和聽到的不要全部相信。如果是網路上的訊息，那個情形是兩倍，不，是三倍。

　　　　女：這篇文章來自非常可靠的來源。作者們做了很多研究，他們還引證他們的來源。

　　　　男：首先，可靠的來源是什麼？說出來。第二，妳或其他任何人有費心去查一下他們引證的來源嗎？妳知道的，關於氣候變遷，有許多錯誤的資訊，而網路上就充滿了所謂的科學研究。

　　　　女：所以你是說，你不相信紐約市到了 2020 年，會淹沒在水下 20 呎了？

　　　　男：不，我是說，精神正常的人沒有人會相信。

　　　　問：關於這位女士，何者正確？

　　　　A. 她不相信她在網路上讀到的資訊。

　　　　B. 她做了很多有關氣候變遷的科學研究。

　　　　C. 她不相信紐約市到了 2020 年，會淹沒在水下 20 呎。

　　　　D. <u>她讀到了一篇有趣的文章有關逐漸上升的海平面。</u>

* article (ˈɑrtɪkl̩) *n.* 文章　　**the other day** 前幾天
　rising (ˈraɪzɪŋ) *adj.* 逐漸上升的　　level (ˈlɛvl̩) *n.* 高度；水平
　sea level 海平面　　**due to** 因為；由於　　melt (mɛlt) *v.* 融化
　glacier (ˈgleʃə) *n.* 冰河　　**when it comes to** + *N/V-ing* 一提到
　double (ˈdʌbl̩) *adj.* 兩倍的　　triple (ˈtrɪpl̩) *adj.* 三倍的
　credible (ˈkrɛdəbl̩) *adj.* 可信的；可靠的　　source (sors) *n.* 來源
　author (ˈɔθə) *n.* 作者　　research (ˈrisɜtʃ, rɪˈsɜtʃ) *n.* 研究
　cite (saɪt) *v.* 引用；引證　　bother (ˈbɑðə) *v.* 煩惱；費心
　misinformation (ˌmɪsɪnfəˈmeʃən) *n.* 錯誤的訊息　　**so-called** 所謂的
　scientific (ˌsaɪənˈtɪfɪk) *adj.* 科學的　　**in one's right mind** 精神正常的

二、閱讀能力測驗

第一部份：詞彙和結構

1. (**D**) 我們在高中時約過會，但是一旦當凡妮莎入伍時，我們的關係就不
　　　同了。
　　　(A) simple〔ˈsɪmpl̩〕*adj.* 簡單的　　(B) time〔taɪm〕*n.* 時間
　　　(C) reason〔ˈrizn̩〕*n.* 理由　　　　(D) ***same***〔sem〕*adj.* 相同的
　　　* date〔det〕*v.* 約會　　once〔wʌns〕*conj.* 一旦～時
　　　　army〔ˈɑrmɪ〕*n.* 軍隊　　***join the army*** 入伍；從軍

2. (**C**) 我很願意解釋為什麼我會遲到，如果你願意讓我說完。
　　　(A) quick〔kwɪk〕*adj.* 快的
　　　(B) separate〔ˈsɛpəˌret〕*v.* 分開
　　　(C) ***finish***〔ˈfɪnɪʃ〕*v.* 結束；說完
　　　(D) act〔ækt〕*v.* 行動
　　　* explain〔ɪkˈsplen〕*v.* 解釋

3. (**A**) 許多台灣人空閒時間喜歡和他們的親朋好友逛夜市。
　　　(A) ***free time*** 空閒時間　　　　(B) bus pass 悠遊卡
　　　(C) waiting room 候車室　　　　　(D) receipt〔rɪˈsit〕*n.* 收據

4. (**A**) 擲飛鏢除了是職業的競賽活動外，也是全世界的酒吧裡普遍會玩的
　　　傳統遊戲。
　　　(A) ***commonly***〔ˈkɑmənlɪ〕*adv.* 普遍地
　　　(B) limited〔ˈlɪmɪtɪd〕*adj.* 有限的　　(C) only〔ˈonlɪ〕*adj.* 唯一的
　　　(D) quite〔kwaɪt〕*adv.* 相當地
　　　* ***as well as*** 除了～之外（= *in addition to*）
　　　　professional〔prəˈfɛʃənl̩〕*adj.* 職業的
　　　　competitive〔kəmˈpɛtətɪv〕*adj.* 競爭性的
　　　　dart〔dɑrt〕*n.* 擲飛鏢遊戲　　traditional〔trəˈdɪʃənl̩〕*adj.* 傳統的
　　　　throughout〔θruˈaʊt〕*prep.* 遍及　　***throughout the world*** 全世界

5. (**D**) 你的表弟在哪裡？比起在這裡等他，我有更重要的事情要做。

(A) beaten〔ˋbitn̩〕adj. 被打的；疲憊的

(B) broken〔ˋbrokən〕adj. 破碎的；故障的

(C) being〔ˋbiɪŋ〕v. be 的現在分詞　n. 生命；存在；生物

(D) ***better***〔ˋbɛtɚ〕adj. 更好的

　　have better things to do 有更重要的事情要做

6. (**C**) 我昨天晚上出去了，這是<u>很久以來</u>的第一次。

(A) a long shot 不太可能成功的嘗試

　　not by a long shot 一點也不（= *not at all*）

(B) on automatic 自動地　　(C) ***in ages*** 很久以來

(D) doubt〔daʊt〕n. 懷疑

7. (**D**) 買這樣<u>一條</u>牛仔褲花太多錢了。

(A) pack〔pæk〕n. 一包　　　(B) place〔ples〕n. 地方

(C) pouch〔paʊtʃ〕n. 小袋　　(D) ***pair***〔pɛr〕n. 一條（褲子）

8. (**C**) 媽媽用銳利的刀子，把麵包切<u>成</u>七塊。

slice 爲「切」之意，「把東西切成…塊」介系詞要用 ***into***，選 (C)。

* sharp〔ʃɑrp〕adj. 銳利的　　knife〔naɪf〕n. 刀子

9. (**A**) 現在天氣<u>多雲</u>，但是下午應該會變得比較晴朗。

(A) ***cloudy***〔ˋklaʊdɪ〕adj. 多雲的　(B) dusk〔dʌsk〕n. 黃昏

(C) cloud nine 狂喜　　　　　　(D) dusty〔ˋdʌstɪ〕adj. 多灰塵的

10. (**D**) 我很累。我想今晚就<u>到此爲止</u>。

call it a night 今晚到此爲止【比較：call it a day 今天到此爲止】

11. (**D**) 冷靜下來，瑞奇。<u>沒有人</u>會偷你的腳踏車。

依句意，「沒有人」用 ***No one***，選 (D)，僅用於人。

而 (A) anyone「任何人」，(B) no, one，(C) not any「沒有任何的」，皆不合句意。

* ***calm down*** 冷靜下來　　steal〔stil〕v. 偷

12. (**D**) 南西很傷心。沒有一個她<u>所謂的</u>朋友記得她的生日。

    (A) time-saving *adj.* 省時的

    (B) right-handed *adj.* 慣用右手的

    (C) post-dated *adj.* 把（支票等）日期填遲的

    (D) *so-called adj.* 所謂的

    * heartbroken〔'hɑrt,brokən〕*adj.* 心碎的；很傷心的

13. (**B**) 教育部長吳先生<u>發誓</u>，今年大學學費不會上漲。

    (A) plead〔plid〕*v.* 為～辯護　　(B) *pledge*〔plɛdʒ〕*v.* 發誓

    (C) please〔pliz〕*v.* 使高興　　(D) pleasure〔'plɛʒɚ〕*n.* 樂趣

    * minister〔'mɪnɪstɚ〕*n.* 部長　　*education minister* 教育部長

    tuition〔tu'ɪʃən〕*n.* 學費　　hike〔haɪk〕*n.* 上漲

14. (**A**) 我們在購物中心玩得很愉快。蘇西想要的所有東西<u>幾乎</u>都買了。

    (A) *almost*〔'ɔl,most〕*adv.* 幾乎　　(B) about〔ə'baʊt〕*prep.* 大約

    (C) until〔ən'tɪl〕*prep.* 直到　　(D) quite〔kwaɪt〕*adv.* 相當地

    * *have a wonderful time* 玩得很愉快　　mall〔mɔl〕*n.* 購物中心

15. (**B**) 自經濟大蕭條時期以來，美國的經濟從未看起來這麼暗淡過。

    否定副詞 Not 置於句首，主詞和動詞須倒裝，又前有 since，須用

    現在完成式，主詞 the American economy 為單數，故選 (B) *has*。

    * since〔sɪns〕*prep.* 自從　　depression〔dɪ'prɛʃən〕*n.* 沮喪；不景氣

    the Great Depression 經濟大蕭條　　economy〔ɪ'kɑnəmɪ〕*n.* 經濟

    bleak〔blik〕*adj.* 沒有希望的；暗淡的

第二部份：段落填空

第 16 至 20 題

    雪崩就是<u>大量</u>的物質突然沿著山坡掉落或滑落，按照它們的內容物被歸
　　　　　　　　16

類，如雪、冰、土、石塊、<u>或是</u>以上這些物質的混合。它們的速度可以<u>到達</u>
　　　　　　　　　17　　　　　　　　　　　　　　　　　　　　　18

每小時 200 哩（320 公里）以上，在掉落的瓦礫碎石之前，先推擠出破壞性的

氣團，這<u>被稱爲「雪崩風」</u>。而雪崩的物質眞正的衝擊，同時也會造成<u>嚴重</u>
　　　　　　19

<u>的破壞</u>。
　20

  * avalanche〔'ævl,æntʃ〕n. 雪崩；山崩   sudden〔'sʌdn̩〕adj. 突然的

  fall〔fɔl〕n. 掉落；跌落   slide〔slaɪd〕n. 滑落

  material〔mə'tɪrɪəl〕n. 物質；材料   classify〔'klæsə,faɪ〕v. 分類

  content〔'kɑntɛnt〕n. 內容物   soil〔sɔɪl〕n. 土壤

  rock〔rɑk〕n. 石塊   mixture〔'mɪkstʃɚ〕n. 混合物

  speed〔spid〕n. 速度   **mph** 每小時所行英哩數（= *miles per hour*）

  km/h 每小時所行公里數   push〔puʃ〕v. 推擠

  destructive〔dɪ'strʌktɪv〕adj. 毀滅性的   **air mass** 氣團

  ahead of… 在…之前   falling〔'fɔlɪŋ〕adj. 掉落的

  debris〔də'bri〕n. 瓦礫；碎石   actual〔'æktʃuəl〕adj. 實際的；眞正的

  impact〔'ɪmpækt〕n. 衝擊   meanwhile〔'min,hwaɪl〕adv. 在此同時

16. (**C**) (A) massage〔mə'sɑʒ〕n. 按摩

    (B) massive〔'mæsɪv〕adj. 巨大的

    (C) **masses**〔'mæsɪs〕n. 多數；大量   **masses of** 大量的

    (D) mass〔mæs〕n. 一團【應用複數】   adj. 大量的；大衆的

17. (**D**) 依句意，「例如 A, B, C, D,『或是』E」，選 (D) **or**。

18. (**C**) (A) react〔rɪ'ækt〕v. 反應   (B) replace〔rɪ'ples〕v. 取代

    (C) **reach**〔ritʃ〕v. 達到   (D) rear〔rɪr〕v. 養育

19. (**C**) (A) go to 前往   (B) ask for 要求

    (C) **be known as** 被稱作   (D) come from 來自

20. (**D**) (A) comedy〔'kɑmədɪ〕n. 喜劇

    (B) luster〔'lʌstɚ〕n. 光彩

    (C) feature〔'fitʃɚ〕n. 特點

    (D) **devastation**〔,dɛvəs'teʃən〕n. 極大的破壞

第 21 至 25 題

<u>根據</u>「國際癌症研究機構」的說法，喝酒和某些癌症，如肝癌、乳癌、
 21

結腸癌，以及上<u>消化</u>道的癌症，都有因果關係。一項來自法國、義大利、西
   22

班牙、英國、荷蘭、希臘、德國和丹麥的資料<u>分析</u>，使德國研究人員<u>推斷</u>，
       23   24

在西歐，男性所有癌症中將近百分之十，還有女性百分之三，是過度飲酒所

導致的。在研究人員所調查的 2008 年癌症病例當中，有<u>超過</u>五萬人都歸因於
                25

經常性的過度飲酒。

* international〔͵ɪntɚˋnæʃənḷ〕*adj.* 國際的　　　agency〔ˋedʒənsɪ〕*n.* 局
research〔ˋrisɝtʃ〕*n.* 研究　　　cancer〔ˋkænsɚ〕*n.* 癌症
causal〔ˋkɔzḷ〕*adj.* 因果關係的　　link〔lɪŋk〕*n.* 連結；關係
alcohol〔ˋælkə͵hɔl〕*n.* 酒精
consumption〔kənˋsʌmpʃən〕*n.* 消耗；吃喝
certain〔ˋsɝtṇ〕*adj.* 某些　　liver〔ˋlɪvɚ〕*n.* 肝臟
breast〔brɛst〕*n.* 胸部；乳房　　colon〔ˋkolən〕*n.* 結腸
upper〔ˋʌpɚ〕*adj.* 上方的　　tract〔trækt〕*n.* 管；道
data〔ˋdetə, ˋdætə〕*n. pl.* 資料　　Italy〔ˋɪtḷɪ〕*n.* 義大利
Spain〔spen〕*n.* 西班牙　　Britain〔ˋbrɪtən〕*n.* 英國
the Netherlands〔ðə ˋnɛðɚləndz〕*n.* 荷蘭
Greece〔gris〕*n.* 希臘　　Germany〔ˋdʒɝmənɪ〕*n.* 德國
Denmark〔ˋdɛnmɑrk〕*n.* 丹麥　　nearly〔ˋnɪrlɪ〕*adv.* 將近
percent〔pɚˋsɛnt〕*n.* 百分之～【與數字連用】
excessive〔ɪkˋsɛsɪv〕*adj.* 過量的　　indulgence〔ɪnˋdʌldʒəns〕*n.* 沉溺
alcoholic〔͵ælkəˋhɔlɪk〕*adj.* 酒精的　　beverage〔ˋbɛvərɪdʒ〕*n.* 飲料
case〔kes〕*n.* 病例；案例　　review〔rɪˋvju〕*v.* 調查
attribute〔əˋtrɪbjut〕*v.* 歸因於 < *to* >　　regular〔ˋrɛgjəlɚ〕*adj.* 經常的
overconsumption〔͵ovɚkənˋsʌmpʃən〕*n.* 過度攝取

21. (**A**)　(A) *according to* 根據　　　　　(B) considered by 被…考慮
    (C) excused from 免於　　　　　(D) 無此用法

22. (**C**) (A) depressive〔dɪˋprɛsɪv〕*adj.* 憂鬱的
    (B) defensive〔dɪˋfɛnsɪv〕*adj.* 防衛的
    (C) ***digestive***〔daɪˋdʒɛstɪv〕*adj.* 消化的　　***digestive tract***　消化道
    (D) directive〔dəˋrɛktɪv〕*adj.* 指示的

23. (**D**) (A) anonymity〔͵ænəˋnɪmətɪ〕*n.* 匿名
    (B) anecdote〔ˋænɪk͵dot〕*n.* 軼事
    (C) ancestry〔ˋænsɛstrɪ〕*n.* 祖先；家世
    (D) ***analysis***〔əˋnæləsɪs〕*n.* 分析

24. (**C**) (A) house〔haʊs〕*n.* 房子　*v.* 容納　　(B) blame〔blem〕*n.* 責備
    (C) ***conclude***〔kənˋklud〕*v.* 下結論；推斷
    (D) rip〔rɪp〕*v.* 撕裂；碎裂

25. (**A**) 依句意應是「超過」五萬人，選 (A) ***more than***。其餘均不合。

第三部份：閱讀理解

第 26 至 28 題

大亨航空公司

我們告訴*你*，你要去哪裡、你何時去

超級暑假票價特惠！

找尋低票價到您最喜愛的目的地！

台北到香港	新台幣 10,000 元
馬尼拉到曼谷	新台幣 12,000 元
首爾到雅加達	新台幣 15,000 元
東京到胡志明市	新台幣 18,000 元
北京到峇里島	新台幣 20,000 元

特惠期限：5 月 1 日～5 月 30 日

旅行期限：6 月 1 日～8 月 31 日

◆ 票價不得退款。名額有限。

◆ 票價不含政府稅和服務費。

◆ 航班變更必須在出發前至少 24 小時辦理。

* boss〔bɔs〕*v.* 當老闆；擺出老闆的架子
airline〔'ɛr,laɪn〕*n.* 航線；(*pl.*) 航空公司　　fare〔fɛr〕*n.* 交通費；票價
destination〔,dɛstə'neʃən〕*n.* 目的地
Manila〔mə'nɪlə〕*n.* 馬尼拉【菲律賓 (the Philippines〔'fɪlə,pinz〕) 首都】
Bangkok〔'bæŋkɑk〕*n.* 曼谷【泰國 (Thailand〔'taɪlənd〕) 首都】
Seoul〔sol〕*n.* 首爾【南韓 (South Korea) 首都】
Jakarta〔dʒə'kɑrtə〕*n.* 雅加達【印尼 (Indonesia〔,ɪndo'niʃə〕) 首都】
Ho Chi Minh 胡志明市【越南 (Vietnam〔,viɛt'nɑm〕) 第一大都市】
period〔'pɪrɪəd〕*n.* 期間　　refundable〔rɪ'fʌndəbḷ〕*adj.* 可退款的
availability〔ə,velə'bɪlətɪ〕*n.* 可得到
exclusive〔ɪk'sklusɪv〕*adj.* 除外的　　***exclusive of*** 除外；不包括
government〔'gʌvənmənt〕*n.* 政府　　tax〔tæks〕*n.* 稅
fee〔fi〕*n.* 費用　　flight〔flaɪt〕*n.* 班機
departure〔dɪ'pɑrtʃɚ〕*n.* 離開；出發

26. (**B**) 這個特惠在何時結束？
　　(A) 五月一日。　　　　　　　(B) 五月三十日。
　　(C) 六月一日。　　　　　　　(D) 八月三十日。

27. (**C**) 什麼必須在出發前的至少 24 小時辦理？
　　(A) 退款。　　(B) 稅捐。　　(C) 班機改變。　　(D) 票價限制。
　　* refund〔rɪ'fʌnd〕*v.*〔'ri,fʌnd〕*n.* 退款

28. (**C**) 這個通知有關什麼？
　　(A) 受歡迎的旅遊景點。　　　(B) 政府稅和費用。
　　(C) 夏日航空票價特惠。　　　(D) 新台幣的匯率。
　　* notice〔'notɪs〕*n.* 通知　　tourist〔'tʊrɪst〕*adj.* 旅遊的
　　tourist destination 旅遊景點　　exchange〔ɪks'tʃendʒ〕*n.* 交換
　　rate〔ret〕*n.* 比率　　***exchange rate*** 匯率

第 29 至 32 題

購物狂超級市場

本週末，在參加活動的所有購物狂超市，以下商品讓您省很大！

彗星牌去黴劑省一元。
塔克斯加藥貼布省三元。
廚維亞天然甜味劑省四元。
克雷坦-D 不嗜睡止痛劑省五元。
還有！
購買商品滿 100 元再打九折。

記住，購物狂是您可以信賴的地方，可以省時間、省錢，還可以改善您的生活品質！您的滿意我們永遠保證。如果您對您購買的商品不完全滿意，您可以退還給店家，我們會全額退款。

---

* shopaholic（ˌʃɑpəˈhɑlɪk）n. 購物狂　　following（ˈfɑloɪŋ）adj. 以下的
item（ˈaɪtəm）n. 項目；物品　　participating（pɚˈtɪsəˌpetɪŋ）adj. 參加的
location（loˈkeʃən）n. 地點　　comet（ˈkɑmɪt）n. 彗星
mold（mold）n. 黴菌　　mildew（ˈmɪlˌdju）n. 霉；黴
remover（rɪˈmuvɚ）n. 去除劑　　medicated（ˈmɛdɪˌketɪd）adj. 加藥的
pad（pæd）n. 襯墊；棉墊　　natural（ˈnætʃərəl）adj. 天然的
sweetener（ˈswitn̩ɚ）n. 甘味料　　drowsy（ˈdraʊzɪ）adj. 想睡的
pain（pen）n. 疼痛　　reliever（rɪˈlivɚ）n. 解除者
pain reliever 止痛劑　　plus（plʌs）adv. 再加上
additional（əˈdɪʃən̩l）adj. 額外的　　***count on*** 信賴
improve（ɪmˈpruv）v. 改善　　quality（ˈkwɑlətɪ）n. 品質
satisfaction（ˌsætɪsˈfækʃən）n. 滿意　　guarantee（ˌgærənˈti）v. 保證
completely（kəmˈplitlɪ）adv. 完全地　　return（rɪˈtɝn）v. 退還
full（fʊl）adj. 全額的　　refund（ˈriˌfʌnd）n. 退款

29. (**A**) 購物狂超市保證什麼？

    (A) <u>客戶滿意。</u>　　　　　　　　(B) 最低價格。

    (C) 最佳選擇。　　　　　　　　(D) 快速服務。

    * selection〔sə'lɛkʃən〕*n.* 選擇　　service〔'sɝvɪs〕*n.* 服務

30. (**C**) 這項通知的目的是什麼？

    (A) 宣布一項文化活動。　　　　(B) 宣布一家商店結束營業。

    (C) <u>宣布特賣活動。</u>　　　　　　(D) 宣布推出新產品。

    * purpose〔'pɝpəs〕*n.* 目的　　announce〔ə'naʊns〕*v.* 宣布
    cultural〔'kʌltʃərəl〕*adj.* 文化的　　event〔ɪ'vɛnt〕*n.* 活動
    closing〔'klozɪŋ〕*n.* 終結；終止　　release〔rɪ'lis〕*n.* 釋放；發表
    product〔'prɑdəkt〕*n.* 產品

31. (**A**) 根據這項通知，下列哪一樣不在特賣中？

    (A) <u>清潔溜溜地板清潔劑。</u>　　　(B) 彗星牌去黴劑。

    (C) 克雷坦-D 不嗜睡止痛劑。　　(D) 塔克斯加藥貼布。

    * *spic and span* 嶄新的；極乾淨的

32. (**B**) 消費超過 100 元的顧客會怎樣？

    (A) 他們搭車回家免費。　　　　(B) <u>他們享有額外九折折扣。</u>

    (C) 他們會改善生活品質。　　　　(D) 他們會空手離開。

    * ride〔raɪd〕*n.* 乘車　　*empty-handed* 空手的

第 33 至 35 題

    辛辛那提紅人隊投手麥克・李克，週一在市中心一家百貨公司裡，因涉嫌店內行竊被捕，他被控告企圖竊取六件 T 恤，總價 359.88 美金。

    這名 23 歲的先發投手，在漢彌爾頓郡司法中心登記在案，罪名是店內行竊，屬於第一級輕罪，最高可判處入獄 180 天。他被逮捕之後的大約兩小時，辛辛那提的投手們，預計要在對抗匹茲堡的系列賽中最後一場比賽之前，到大美國球場做打擊練習。李克週六擔任先發，對匹茲堡海盜隊，以 11 比 2 的比數獲勝。

紅人隊正在想辦法取得這次逮捕的細節，並沒有立即的評論。

警方的逮捕報告提到，李克在梅西百貨公司裡，把六件 T 恤的價格標籤拆掉，企圖不付錢就離開。李克在大聯盟裡的第二季，年薪是 42 萬 5 千美元。

梅西百貨發言人，吉姆‧史魯瑞斯基說，他們公司除了警方的報告之外，沒有其他評論。

* Cincinnati〔͵sɪnsɪ'nætɪ〕*n.* 辛辛那提【位於美國俄亥俄州（Ohio〔o'haɪo〕）】
  Cincinnati Reds 辛辛那提紅人隊【美國職棒大聯盟球隊】
  pitcher〔'pɪtʃɚ〕*n.* 投手   arrest〔ə'rɛst〕*v., n.* 逮捕
  shoplift〔'ʃɑp͵lɪft〕*v.* 店內行竊   charge〔tʃɑrdʒ〕*n.* 控告；指控
  on a~charge 依照~罪名   accuse〔ə'kjuz〕*v.* 控告 < *of* >
  total〔'totḷ〕*adj.* 總共的   value〔'vælju〕*n.* 價值
  starter〔'stɑrtɚ〕*n.* 先發投手（= *starting pitcher*）
  book〔bʊk〕*v.*（警察）登記有案；列入記錄   county〔'kaʊntɪ〕*n.* 郡
  justice〔'dʒʌstɪs〕*n.* 正義；司法   center〔'sɛntɚ〕*n.* 中心
  degree〔dɪ'gri〕*n.* 程度；等級   ***first-degree*** 第一級的
  misdemeanor〔͵mɪsdɪ'minɚ〕*n.* 輕罪
  first-degree misdemeanor 第一級輕罪   carry〔'kærɪ〕*v.* 帶有
  maximum〔'mæksəməm〕*n.* 最大量；最高   jail〔dʒel〕*n.* 監獄
  expect〔ɪk'spɛkt〕*v.* 期待；等待   bat〔bæt〕*v.* 擊球；打擊
  series〔'sɪrɪz〕*n.* 系列   against〔ə'gɛnst〕*prep.* 對抗
  Pittsburgh〔'pɪtsbɝg〕*n.* 匹茲堡【位於美國賓西法尼亞州（Pennsylvania
    〔͵pɛnsḷ'venjə〕）西南部工業城市，為鋼鐵業中心】
  victory〔'vɪktrɪ〕*n.* 勝利   pirate〔'paɪrət〕*n.* 海盜
  Pittsburgh Pirates 匹茲堡海盜隊【美國職棒大聯盟球隊】
  detail〔'ditel〕*n.* 細節   immediate〔ɪ'midɪɪt〕*adj.* 立即的
  comment〔'kɑmɛnt〕*n.* 評論   report〔rɪ'port〕*n.* 報告
  remove〔rɪ'muv〕*v.* 除去；拆除   tag〔tæg〕*n.* 標籤
  price tag 價格標籤   ***American Rag*** 北美精品品牌
  major〔'medʒɚ〕*n.* 大聯盟（= *major league*）
  spokesman〔'spoksmən〕*n.* 發言人   beyond〔bɪ'jɑnd〕*prep.* 超過~範圍

33. (**A**) 這篇文章最適合的標題為何？

 (A) 棒球明星因偷竊被捕

 (B) 李克擔任投手完封八局，紅人隊獲勝

 (C) 梅西百貨宣布 American Rag 品牌服飾特賣

 (D) 投手被判入監六個月

 * title〔ˋtaɪtḷ〕*n.* 標題　　theft〔θɛft〕*n.* 偷竊
  pitch〔pɪtʃ〕*v.* 投球；擔任投手　　shutout〔ˋʃʌt͵aʊt〕*n.* 完封
  inning〔ˋɪnɪŋ〕*n.*（棒球）局　　sentence〔ˋsɛntəns〕*v.* 判決

34. (**A**) 有關麥克・李克何者正確？

 (A) 他一年賺 42 萬 5 千美元。 (B) 他在梅西百貨工作。

 (C) 他受到紅人隊停賽處分。 (D) 他 25 歲。

 * suspend〔səˋspɛnd〕*v.* 暫停；停職（休學、停賽）處分

35. (**C**) 梅西百貨發言人說了什麼？

 (A) 李克試圖把價格標籤拆掉。

 (B) 棒球球員賺太多錢了。

 (C) 什麼也沒說。

 (D) 紅人隊試圖掩蓋逮捕的細節。

 * cloud〔klaʊd〕*v.* 遮蔽

第 36 至 38 題

主題：不公平的成績？

日期：4 月 4 日

寄件人：crybaby88@mail.com

收件人：profwang@usc.edu

親愛的王教授：

 我確信，教授在學期末所聽到最煩的話就是：「我認為我的成績有錯。」不幸的是，我真的認為我的成績算錯了。

在您的班上，我整個學期成績都拿 B，然而，我的期末成績卻是 C。可否請您查看您的紀錄，查證一下是否正確呢？我下週會打電話給您詢問結果。

我在您的地質學 202 班，第 9 區，每週一、三、五上午 10 點鐘的課。我的學號是 434-2138-138。我的全名是賈瑪爾·吉哈德。

隨函附上我在班上所有測驗和報告的首頁影本（包括您親自批閱的成績），以及我的期末成績單。

感謝您的調查，我希望這結果只是個單純的錯誤。

賈瑪爾·吉哈德　敬上

* subject〔ˈsʌbdʒɪkt〕*n.* 主題　　unfair〔ʌnˈfɛr〕*adj.* 不公平的
grade〔gred〕*n.* 成績；分數　　professor〔prəˈfɛsɚ〕*n.* 教授
tiresome〔ˈtaɪrsəm〕*adj.* 令人疲倦的；令人討厭的　　end〔ɛnd〕*n.* 結束
term〔tɜm〕*n.* 學期　　unfortunately〔ʌnˈfɔrtʃənɪtlɪ〕*adv.* 不幸地
miscalculate〔mɪsˈkælkjəˌlet〕*v.* 算錯　　semester〔səˈmɛstɚ〕*n.* 學期
verify〔ˈvɛrəˌfaɪ〕*v.* 確實查證　　accuracy〔ˈækjərəsɪ〕*n.* 正確性
result〔rɪˈzʌlt〕*n.* 結果　　geology〔dʒiˈɑlədʒɪ〕*n.* 地質學
section〔ˈsɛkʃən〕*n.* 區域　　***ID*** *n.* 身分（= *identity*〔aɪˈdɛntətɪ〕）
full name 全名　　enclose〔ɪnˈkloz〕*v.* （隨函）附寄
front page 首頁　　including〔ɪnˈkludɪŋ〕*prep.* 包括
investigation〔ɪnˌvɛstəˈgeʃən〕*n.* 調查　　***turn out*** 結果是
honest〔ˈɑnɪst〕*adj.* 誠實的；純正的
respectfully〔rɪˈspɛktfəlɪ〕*adv.* 恭敬地

36. (**A**) 賈瑪爾寫這封電子郵件的主要原因為何？

(A) 詢問他所收到的成績。　　　(B) 與教授安排會面的時間。
(C) 退修王教授的課。　　　　　(D) 詢問有關期末考重考的事。

* question〔ˈkwɛstʃən〕*v.* 詢問　　schedule〔ˈskɛdʒul〕*v.* 安排時間
drop〔drɑp〕*v.* 退修（課程）　　inquire〔ɪnˈkwaɪr〕*v.* 詢問

37. (**D**) 賈瑪爾說了什麼？

(A) 他認為他的成績太高了。　　(B) 他不認為這是個單純的錯誤。

(C) 他無法相信王教授不喜歡他。

(D) <u>他整個學期成績都拿 B。</u>

38. (**B**) 賈瑪爾隨函附上了什麼？

(A) 他的學生證。　　　　　　　(B) <u>他在班上作業的影本。</u>

(C) 他的聯絡電話。　　　　　　(D) 他的律師的名字。

* reach〔ritʃ〕v. 聯絡　　lawyer〔'lɔjɚ〕n. 律師

第 39 至 40 題

誠徵：餐廳經理

資　格

♦ 四年制課程畢業生，最好是餐廳管理或相關課程。

♦ 在食品服務業至少有一至二年的工作經驗，前場經驗優先考慮。

♦ 優異的英文說寫技巧。

♦ 負責任，且有優秀的追蹤技巧。

♦ 組織能力強，注重細節。

♦ 態度必須積極，而且能夠代表餐廳，面對不同的客戶和賣家。

♦ 有行銷背景優先考慮。

請聯絡吉姆，「豬肉天堂餐廳」，電話：(312) 888-8888。非誠勿擾。

* wanted〔'wɑntɪd〕adj. 徵求…的；被通緝
manager〔'mænɪdʒɚ〕n. 經理　　qualification〔‚kwɑləfə'keʃən〕n. 資格
graduate〔'grædʒuɪt〕n. 畢業生　　course〔kors〕n. 課程
preferably〔'prɛfərəblɪ〕adv. 最好

management〔'mænɪdʒmənt〕*n.* 經營；管理
related〔rɪ'letɪd〕*adj.* 相關的　　service〔'sɝvɪs〕*n.* 服務
industry〔'ɪndəstrɪ〕*n.* 產業　　*front-of-house*（餐廳的）公眾區；前場
prefer〔prɪ'fɝ〕*v.* 比較喜歡　　excellent〔'ɛkslənt〕*adj.* 優秀的
oral〔'ɔrəl〕*adj.* 口語的　　written〔'rɪtn̩〕*adj.* 書寫的
skill〔skɪl〕*n.* 技巧　　responsible〔rɪ'spɑnsəbl̩〕*adj.* 負責任的
follow-up〔'falo,ʌp〕*adj.* 後續的；追蹤的
highly〔'haɪlɪ〕*adv.* 高度地；非常地
organized〔'ɔrgən,aɪzd〕*adj.* 有組織的　　detail〔'ditel〕*n.* 細節
oriented〔'orɪ,ɛntɪd〕*adj.* 以～爲取向的；著重～的
detail-oriented 注重細節的　　aggressive〔ə'grɛsɪv〕*adj.* 積極的
able〔'ebl̩〕*adj.* 能夠的＜*to V*＞　　represent〔,rɛprɪ'zɛnt〕*v.* 代表
client〔'klaɪənt〕*n.* 客戶　　vendor〔'vɛndɚ〕*n.* 小販；賣家
background〔'bæk,graund〕*n.* 背景　　marketing〔'markɪtɪŋ〕*n.* 行銷
contact〔'kɑntækt〕*v.* 聯絡　　pork〔pork〕*n.* 豬肉
heaven〔'hɛvən〕*n.* 天堂　　serious〔'sɪrɪəs〕*adj.* 認眞的
inquiry〔ɪn'kwaɪrɪ , 'ɪnkwərɪ〕*n.* 詢問

39.（**D**）這個通知的目的是什麼？

　　(A) 宣布一個餐廳管理課程開放登記。

　　(B) 教育說英語的人。　　　　(C) 表現後續追蹤的技巧。

　　(D) 尋找新的員工。

　　* purpose〔'pɝpəs〕*n.* 目的　　notice〔'notɪs〕*n.* 通知
　　announce〔ə'nauns〕*v.* 宣布
　　registration〔,rɛdʒɪs'treʃən〕*n.* 登記；註冊
　　educate〔'ɛdʒə,ket〕*v.* 教育　　present〔prɪ'zɛnt〕*v.* 呈現；表現
　　seek〔sik〕*v.* 尋找　　employee〔,ɛmplɔɪ'i〕*n.* 員工

40.（**C**）下列何者不是這個職位必要的資格？

　　(A) 英語能力。　　　　　　　(B) 注重細節。

　　(C) 學習慾望。　　　　　　　(D) 四年制大學的學位。

　　* necessary〔'nɛsə,sɛrɪ〕*adj.* 必要的　　position〔pə'zɪʃən〕*n.* 職位
　　attention〔ə'tɛnʃən〕*n.* 專注；注意
　　desire〔dɪ'zaɪr〕*n.* 慾望　　degree〔dɪ'gri〕*n.* 學位

中級英語檢定模擬試題 ⑤ 詳解

第一部份：看圖辨義

第一題和第二題，請看圖片 **A**。

1. (**D**) 我去咖啡廳為我自己和兩位同事買咖啡。我點了兩杯美式咖啡，和一杯調味焦糖拿鐵。我付了多少錢？

A. 8 美元。　　　　　　　　B. 8.5 美元。
C. 10 美元。　　　　　　　 D. <u>10.5 美元。</u>

* co-worker〔koˈwɝkɚ〕*n.* 同事　　order〔ˈɔrdɚ〕*v.* 點餐
Americano〔əˌmɛrɪˈkɑno〕*n.* 美式咖啡　　caramel〔ˈkærəml〕*n.* 焦糖
latte〔ˈlɑte〕*n.* 拿鐵咖啡　　additional〔əˈdɪʃənl〕*adj.* 額外的
flavor〔ˈflevɚ〕*n.* 口味　　brew〔bru〕*v.* 沖泡；釀造
Misto〔ˈmɪsto〕*n.* 密斯朵咖啡；咖啡牛奶；歐蕾咖啡【咖啡牛奶各半】
lemonade〔ˌlɛmənˈed〕*n.* 檸檬水　　***chai latte*** 茶味拿鐵
vanilla〔vəˈnɪlə〕*n.* 香草　　bean〔bin〕*n.* 豆子
base〔bes〕*n.* 基底　　mocha〔ˈmokə〕*n.* 摩卡咖啡
cappucchino〔ˌkæpəˈtʃino〕*n.* 卡布奇諾咖啡
macchiato〔ˌmakiˈato〕*n.* 瑪琪（雅）朵咖啡
regular〔ˈrɛgjələ〕*adj.* 一般的　　shot〔ʃɑt〕*n.* （濃縮咖啡）一份

2. (**D**) 請再看圖片 **A**。這份菜單提供了什麼資訊？

A. 一份的份量大小。　　　　　B. 原料。

C. 描述。　　　　　　　　　　D. 價格。

* menu〔ˋmɛnju〕*n.* 菜單　　serving〔ˋsɝvɪŋ〕*n.* 一份
  ingredient〔ɪnˋgridɪənt〕*n.* 原料　　description〔dɪˋskrɪpʃən〕*n.* 描述

第三題和第四題，請看圖片 B。

3. (**A**) 這張海報主要關於什麼？

A. 防火安全。

B. 節約能源。

C. 學生的服裝規定。

D. 自助餐廳的政策。

* poster〔ˋpostɚ〕*n.* 海報
  safety〔ˋseftɪ〕*n.* 安全
  energy〔ˋɛnɚdʒɪ〕*n.* 能源　　conservation〔͵kɑnsɚˋveʃən〕*n.* 節約
  dress〔drɛs〕*n.* 服裝　　code〔kod〕*n.* 密碼；規定
  dress code 服裝規定　　cafeteria〔͵kæfəˋtɪrɪə〕*n.* 自助餐廳
  policy〔ˋpɑləsɪ〕*n.* 政策　　extinguisher〔ɪkˋstɪŋgwɪʃɚ〕*n.* 滅火器
  aim〔em〕*v.* 瞄準　　squeeze〔skwiz〕*v.* 擠壓
  sweep〔swip〕*v.* 橫掃　　pin〔pɪn〕*n.* 栓子；插銷
  seal〔sil〕*n.* 封條；密封處　　ensure〔ɪnˋʃur〕*v.* 確保
  means〔minz〕*n.* 方法【單複數同形】　　escape〔əˋskep〕*n.* 脫逃
  operate〔ˋɑpə͵ret〕*v.* 操作　　handle〔ˋhændḷ〕*n.* 把手
  discharge〔dɪsˋtʃɑrdʒ〕*v.* 放出；排出　　agent〔ˋedʒənt〕*n.* 藥劑
  from side to side 左右地　　completely〔kəmˋplitlɪ〕*adv.* 完全地
  extinguish〔ɪkˋstɪŋgwɪʃ〕*v.* 熄滅

4. (**D**) 請再看圖片 B。這張海報圖解何種說明？

A. 打破插銷，裝上底座，敲把手，橫掃火焰。

B. 把密封處堵住，背部拱起，打碎藥劑，抓住線。

C. 按按鈕，把水管彎曲，擠壓扳機，把水弄髒。

D. 拔出插銷，瞄準火焰，擠壓把手，左右橫掃。

* instructions〔ɪnˋstrʌkʃənz〕*n. pl.* 說明　　illustrate〔ˋɪləstret〕*v.* 圖解
  arm〔ɑrm〕*v.* 使武裝；裝上　　strike〔straɪk〕*v.* 敲擊

block〔blɑk〕v. 堵塞　　arch〔ɑrtʃ〕v. 使成拱形
smash〔smæʃ〕v. 打破；使粉碎　　button〔'bʌtn̩〕n. 按鈕
angle〔'æŋgl̩〕v. 使彎成某角度；使彎曲　　hose〔hoz〕n. 水管
trigger〔'trɪgɚ〕n.（槍的）扳機　　smear〔smɪr〕v. 弄髒

第五題到第七題，請看圖片 C。

5. (**A**)　圖片中的電腦在哪裡？

　　A. 在這些男士的前方。
　　B. 在這些男士後面的書桌上。
　　C. 在這些男士右邊的櫃台上。
　　D. 在這些男士左邊的架子上。

　　* located〔lo'ketɪd〕adj. 位於～的　　behind〔bɪ'haɪnd〕prep. 在～後面
　　counter〔'kaʊntɚ〕n. 櫃台　　shelf〔ʃɛlf〕n. 架子

6. (**B**)　請再看圖片 C。右邊這位男士最有可能拿著什麼？

　　A. 一個咖啡杯。　　　　　　B. 一個文件夾。
　　C. 一樣廚房用具。　　　　　D. 一把傘。

　　* hold〔hold〕v. 抓住；拿著　　file〔faɪl〕n. 卷宗；文件
　　folder〔'foldɚ〕n. 文件夾　　utensil〔ju'tɛnsl̩〕n. 用具

7. (**A**)　請再看圖片 C。哪一個敘述最能描述這張圖片？

　　A. 兩位男士正看著電腦螢幕上的訊息。
　　B. 三位男士在停車場裡談話。
　　C. 二位女士正在包裝耶誕節的禮物。
　　D. 兩個小孩正在看電視節目。

　　* statement〔'stetmənt〕n. 敘述　　describe〔dɪ'skraɪb〕v. 描述
　　screen〔skrin〕n. 螢幕　　*parking lot* 停車場
　　wrap〔ræp〕v. 包裝　　present〔'prɛznt〕n. 禮物

第八題和第九題，請看圖片 D。

8. (**D**)　哪一項資訊這個預報沒有提供？

　　A. 溫度。　　　　　　　　B. 濕度。

C. 風速。　　　　　　　D. 紫外線指數。

* forecast〔'for,kæst〕n. 預測　　temperature〔'tɛmpərətʃə〕n. 溫度
humidity〔hju'mɪdətɪ〕n. 濕度　　*UV* 紫外線的（= *ultraviolet*）
index〔'ɪndɛks〕n. 指數　　condition〔kən'dɪʃən〕n. 狀況
scattered〔'skætəd〕*adj.* 分散的；零星的
precipitation〔prɪ,sɪpə'teʃən〕n. 降雨（量）
kph 時速…公里（= *kilometers per hour*）
NE 東北方（= *northeastern*）　　***SW*** 西南方（= *southwestern*）
SE 東南方（= *southeastern*）

5-Day Weather Forecast for Taipei

Day	High/Low	Conditions	Precipitation	Wind	Humidity
Nov 24	20°C/15°C	Rain	100%	NE 12 kph	95%
Nov 25	23°C/20°C	Mostly cloudy	75%	NE 4 kph	80%
Nov 26	25°C/22°C	Sunny	30%	SW 10 kph	45%
Nov 27	20°C/17°C	Scattered clouds	80%	SW 14 kph	70%
Nov 28	16°C/21°C	Much cooler	50%	SE 22 kph	75%

9. (**C**) 請再看圖片 D。你和你的朋友正在計劃到福隆海水浴場玩。
哪一天最適合你們出遊？

A. 11 月 24 日。　　　　　B. 11 月 25 日。

C. <u>11 月 26 日。</u>　　　　D. 11 月 28 日。

* favorable〔'fevərəbl̩〕*adj.* 有利的；適合的
outing〔'aʊtɪŋ〕n. 郊遊；遠足

第十題和第十一題，請看圖片 **E**。

10. (**C**) 登廣告的是什麼？

A. 汽車銷售。

B. 流行時裝店。

C. <u>摩托車修理。</u>

D. 遛狗服務。

CHOPPER RODS INC

Harley Davidson Repair Shop Only
All Major & Minor Repairs
Licensed Mechanics & Machinist
High Performance Specialists
Custom Fabrication Machine Shop
MIG TIG Welding Plasma Cutting
Custom One-Off Bike Building
Auth S&S Repair Centre

631 Clements Dr - - - - - - - - - - - - - - - - **506 460-5414**

　* advertise〔'ædvə،taɪz〕v. 登廣告　　auto〔'ɔto〕n. 汽車
　　sale〔sel〕n. 銷售　　fashion〔'fæʃən〕n. 流行；時尚
　　boutique〔bu'tik〕n. 流行時裝店；精品店
　　motorcycle〔'motə،saɪkḷ〕n. 摩托車　　repair〔rɪ'pɛr〕n., v. 修理
　　walk〔wɔk〕v. 遛（狗）　　service〔'sɜvɪs〕n. 服務
　　chopper〔'tʃɑpə〕n. 直昇機；改裝的摩托車
　　rod〔rɑd〕n. 桿；竿　　***Inc.*** 有限公司（= *incorporated*）
　　Harley Davidson〔'hɑrlɪ 'dɛvɪdsən〕n. 哈雷摩托車
　　major〔'medʒə〕adj. 重大的　　minor〔'maɪnə〕adj. 輕微的
　　licensed〔'laɪsṇst〕adj. 有執照的　　mechanic〔mə'kænɪk〕n. 技師
　　machinist〔mə'ʃinɪst〕n. 機械師　　performance〔pə'fɔrməns〕n. 表現
　　specialist〔'spɛʃəlɪst〕n. 專家　　custom〔'kʌstəm〕adj. 訂製的
　　fabrication〔،fæbrɪ'keʃən〕n. 製造　　weld〔wɛld〕v. 焊接
　　plasma〔'plæzmə〕n. 等離子　　***plasma cutting*** 等離子切割

11.(**D**) 請再看圖片 E。這則廣告沒有提供什麼訊息？

　　A. 地點。　　　　　　　　B. 聯絡號碼。
　　C. 可做的服務。　　　　　D. <u>已營業幾年。</u>

　* ad〔æd〕n. 廣告（= *advertisement*）　　location〔lo'keʃən〕n. 地點
　　contact〔'kɑntækt〕n. 聯絡　　perform〔pə'fɔrm〕v. 執行；做

第十二題和第十三題，請看圖片 **F**。

12.(**B**) 請看這家商店的平面圖。我在
店裡的位置如圖所標示，我面
向鞋子區。我左轉會看到什麼？

　　A. 珠寶。
　　B. <u>特殊服裝。</u>
　　C. 家具。
　　D. 洗手間。

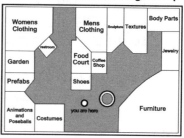

　* ***floor plan*** 建築平面圖　　position〔pə'zɪʃən〕n. 位置
　　mark〔mɑrk〕v. 標示　　face〔fes〕v. 面對　　***turn to*** 轉向
　　jewelry〔'dʒuəlrɪ〕n. 珠寶【集合名詞，不可數】
　　costume〔'kɑstjum〕n. 特殊服裝　　furniture〔'fɜnɪtʃə〕n. 家具
　　restroom〔'rɛst،rum〕n. 洗手間（= *rest room*）

prefab〔ˈpriˌfæb〕n. 預製件；組合式房屋
animation〔ˌænəˈmeʃən〕n. 動畫
poseball〔ˈpozˌbɔl〕n. 姿勢球【用於動畫上】
food court 美食區   sculpture〔ˈskʌlptʃə〕n. 雕刻
texture〔ˈtɛkstʃə〕n. 織物；織品   ***body part*** 身體部位

13. (**A**) 請再看圖片 F。我還是面對鞋子區。相較於我目前的位置，
咖啡廳在哪裡？

A. 我的正前方右邊。　　　　B. 我的正前方左邊。
C. 我的正後方。　　　　　　D. 在牆壁的另外一邊。

* relation〔rɪˈleʃən〕n. 關係　　***in relation to*** 關於；相較於
current〔ˈkɝənt〕adj. 目前的　　straight〔stret〕adv. 直直地；直接地
ahead〔əˈhɛd〕adv. 在前方　　directly〔dəˈrɛktlɪ〕adv. 直接地；正好

第十四題和十五題，請看圖片 G。

14. (**C**) 你的朋友在地圖上圈起來「開始」
的地方。他要去火車站。他打電話
給你詢問方向。你要告訴他什麼？

A. 往東走一條街，向左轉，你會
看到車站在右邊。在書店旁邊。
B. 往西走一條街，向右轉，你會看到車站在右邊。在郵局後面。
C. 往北走兩條街，向左轉，你會看到車站在右邊。你不會錯過的。
D. 往北走一條街，在紅綠燈左轉，繼續直走。

* circle〔ˈsɝkl〕v. 畫圈　　directions〔dəˈrɛkʃənz〕n. pl. 方向
block〔blɑk〕n. 街區　　miss〔mɪs〕v. 錯過
stop light 紅燈；交通號誌燈　　straight〔stret〕adv. 直直地

15. (**C**) 請再看圖片 G。你的另一位朋友在地圖上圈起來「開始」的地方。
她要上 I-26 號公路南下方向，她打電話給你詢問方向。你要告訴她
什麼？

A. 往東走一條街，向左轉。然後再走一條街，向右轉。然後通過
高速公路下面，再向左轉。

B. 往北走一條街，向右轉，再繼續走一條街。當你穿越交叉路口，
　　過了地下鐵車站後，你就會看到交流道入口。

C. 往北走兩條街，到了醫院向右轉，繼續直走到了圖書館向左轉。
　　過了公車站，你就會看到出口。

D. 往西走一條街，向右轉，繼續往北走，直到你穿越火車軌道。
　　交流道入口就在左邊。

* head〔hɛd〕v. 朝向　　pass〔pæs〕v. 通過；經過
  expressway〔ɪkˈsprɛsˏwe〕n. 高速公路　　cross〔krɔs〕v. 穿越
  intersection〔ˏɪntəˈsɛkʃən〕n. 交叉口　　entrance〔ˈɛntrəns〕n. 入口
  ramp〔ræmp〕n. 斜坡；交流道　　subway〔ˈsʌbˏwe〕n. 地下鐵
  exit〔ˈɛgzɪt , ˈɛksɪt〕n. 出口　　track〔træk〕n. 軌道

第二部份：問答

16. (**C**) 這是往美術館的站嗎？

　　A. 他付現金。　　　　　　　　B. 他們往那個方向去。
　　C. 不是，那是下一站。　　　　D. 是的，我知道他。
　　* museum〔mjuˈziəm〕n. 博物館　　*pay in cash* 付現金

17. (**A**) 你在哪裡找到我的皮夾的？

　　A. 在你書桌旁邊的地板上。　　B. 這次晚餐我付錢。
　　C. 他們收我們兩人的費用。　　D. 在七點鐘。
　　* wallet〔ˈwɑlɪt〕n. 皮夾　　charge〔tʃɑrdʒ〕v. 收費

18. (**C**) 這是你的手機嗎？我在實驗室裡一台電腦終端機那裡發現的。

　　A. 我只是在和你開玩笑。　　　B. 你可以再說一次；你說得對！
　　C. 噢，謝謝！我都忘記了。　　D. 你做了什麼？我不相信你。
　　* *cell phone* 手機　　terminal〔ˈtɝmənl̩〕n. 終端機
　　lab〔læb〕n. 實驗室（= *laboratory*）　　*pull sb.'s leg* 開某人的玩笑

19. (**B**) 廚房桌上為什麼有一個花瓶？

　　A. 我在萬聖夜要發糖果給小朋友。

B. <u>我在等我男朋友情人節送的花。</u>

C. 我正在裝飾聖誕樹。

D. 我正在台中過春節。

* vase〔ves〕*n.* 花瓶　　Halloween〔͵hælo'in〕*n.* 萬聖節前夕；萬聖夜
　expect〔ɪk'spɛkt〕*v.* 期待；等待　　decorate〔'dɛkə͵ret〕*v.* 裝飾

20.（ **A** ）新的「星際大戰」電影今晚首映，我有二張票。你想要和我去嗎？

A. <u>聽起來很棒！電影是幾點？</u>

B. 太糟糕了！那個那麼好玩。

C. 已經了嗎？我以為你明天要離開。

D. 噢，我的天啊！你會怎麼做？

* premiere〔prɪ'mɪr〕*n.* 首演；首映　　care〔kɛr〕*v.* 想要
　join〔dʒɔɪn〕*v.* 加入　　gosh〔gɑʃ〕*interj.* 啊呀！糟了！【god 的替代】

21.（ **A** ）這本書我讀完了。你接下來要讀這本嗎？

A. <u>謝謝，但是我有很多東西要讀。</u>

B. 當然，你讀完了就把它帶回來。

C. 不客氣。隨時打電話給我。

D. 這點我很抱歉。不會再發生了。

* *plenty of* 很多　　stuff〔stʌf〕*n.* 東西【不可數名詞】

22.（ **A** ）你郵局裡的工作行程在假期之間會改變嗎？

A. <u>會，我的工作量會增加，一直到元旦過後。</u>

B. 是的，我們有計劃在假期之前順便去郵局一趟。

C. 不，我沒有任何宗教信仰，也沒有遵循任何傳統。

D. 不，整個季節期間，費率會維持不變。

* schedule〔'skɛdʒul〕*n.* 時間表；行程表　　*stop by* 順便到～
　practice〔'præktɪs〕*v.* 實行；遵守　　religion〔rɪ'lɪdʒən〕*n.* 宗教
　follow〔'fɑlo〕*v.* 遵循　　tradition〔trə'dɪʃən〕*n.* 傳統
　rate〔ret〕*n.* 費率　　remain〔rɪ'men〕*v.* 維持
　throughout〔θru'aʊt〕*prep.* 遍及　　season〔'sizn̩〕*n.* 季節

23. (**A**) 油漆工人有說完成工作需要多久的時間嗎？

　　　A. 他沒說。　　　　　　　B. 他沒有。【時態錯誤】
　　　C. 他們會的。　　　　　　D. 我應該。

　　　* painter（'pentə）n. 油漆工人

24. (**A**) 在頒獎典禮中，康克林先生要站在哪裡？

　　　A. 講台的右邊。　　　　　B. 在頒獎典禮中。
　　　C. 我們已邀請康克林先生。　D. 我馬上就去做。

　　　* award（ə'wɔrd）n. 獎　　ceremony（'sɛrə,monɪ）n. 典禮
　　　award ceremony 頒獎典禮　　podium（'podɪəm）n. 講台

25. (**D**) 我可以借那本小說嗎，或者你還在看？

　　　A. 一些筆記本和筆。　　　　B. 我最喜歡的作者之一。
　　　C. 他們放在架子上。　　　　D. 我才看了一半。

　　　* author（'ɔθə）n. 作者　　shelf（ʃɛlf）n. 架子
　　　halfway（'hæf'we）adv. 在中途　　**halfway through** 到了一半

26. (**A**) 恐怕我們沒有設備承接超過 100 人的宴席活動。

　　　A. 你可以推薦能夠承接大型活動的人嗎？
　　　B. 有足夠的食物餵飽 100 人嗎？
　　　C. 這個設施位置靠近大眾運輸工具嗎？
　　　D. 要辦一個千人活動的宴席需要多少錢？

　　　* facility（fə'sɪlətɪ）n. 設施；設備　　event（ɪ'vɛnt）n. 活動
　　　cater（'ketə）v. 提供宴席　　recommend（,rɛkə'mɛnd）v. 推薦
　　　handle（'hændḷ）v. 應付　　feed（fid）v. 餵食
　　　located（lo'ketɪd）adj. 位於～的
　　　transportation（,trænspə'teʃən）n. 交通工具
　　　public transportation 大眾運輸工具

27. (**D**) 帕克先生的飛機抵達時，有人會去機場接他嗎？

　　　A. 不，他會住在麗茲・卡爾頓飯店。
　　　B. 不，他要到週一才會到達。

C. 是的，我有票。　　　　　D. 會的，我會去機場接他。

* meet〔mit〕*v.* 碰面；迎接　　flight〔flaɪt〕*n.* 班機
due〔dju〕*adj.* 到期的；應該到達的

28.(**C**) 如果你要和鮑伯見面，請告訴他我向他說哈囉，祝他生日快樂。

A. 我 23 歲。　　　　　　　B. 那很痛。

C. 我會的。【源自於 I will do it/that.】

D. 不能告訴你。

* wish〔wɪʃ〕*v.* 祝福　　*wish sb. sth.* 祝福某人某事
hurt〔hɝt〕*v.* 疼痛；有害

29.(**B**) 今年的花博會在哪裡舉行？

A. 週三到週日。　　　　　　B. 世貿會議中心。

C. 五日通行證 20 元。　　　 D. 我們可以搭捷運。

* floral〔'flɔrəl〕*adj.* 花的　　*Floral Expo* 花卉博覽會；花博
expo〔'ɛkspo〕*n.*（萬國）博覽會【為 exposition〔ˌɛkspə'zɪʃən〕的縮短形】
be held 被舉行　　trade〔tred〕*n.* 貿易
convention〔kən'vɛnʃən〕*n.* 會議　　pass〔pæs〕*n.* 通行證

30.(**D**) 大衛，你今天早上為什麼沒有做你的家事呢？

A. 我還要再一碗湯。　　　　B. 在七點半。

C. 我當時正在做我的家事。　 D. 我牙痛。

* chore〔tʃor〕*n.* 雜事；雜務；家事　　bowl〔bol〕*n.* 碗
toothache〔'tuθ,ek〕*n.* 牙痛

第三部份：簡短對話

31.(**C**) 女：你昨晚在露比餐廳吃晚餐嗎？我很好奇想聽聽這個餐廳如何。
我先生和我正在考慮，要在那裡慶祝我們即將來臨的結婚 12 週
年紀念。

男：不幸的是，我們沒有位子。整家餐廳客滿。服務生把我們的名
字加在等候名單裡，告訴我們要等 90 分鐘。我們就沿路走到麥
克斯小館去吃炸魚和薯條。

女：你們在露比餐廳沒有預約嗎？

男：他們不接受預約。他們是先來先服務。

女：噢，還好先知道了。也許那不是一個慶祝特殊場合的好地點。

男：是啊，而且他們也不接受信用卡。我的意思是，他們現在是鎮上最熱門的新餐廳，每個人都極力稱讚他們的食物，但是他們很老派。他們甚至沒有網站和臉書網頁。

女：我想，等這段熱潮平息下來之後，我們再去嘗試吧。

問：有關露比餐廳我們知道什麼？

A. 現金和信用卡都接受。

B. 需要預約。

C. 和麥克斯小館在同一條路上。

D. 他們的服務受到高度評價。

* ruby (ˈrubɪ) *n.* 紅寶石　　diner (ˈdaɪnɚ) *n.* 餐廳
curious (ˈkjʊrɪəs) *adj.* 好奇的　　upcoming (ˈʌpˌkʌmɪŋ) *adj.* 即將來臨的
anniversary (ˌænəˈvɜsərɪ) *n.* 週年紀念
unfortunately (ʌnˈfɔrtʃənɪtlɪ) *adv.* 不幸地
packed (pækt) *adj.* 擠滿的　　hostess (ˈhostɪs) *n.* 女服務生
wait list 等候名單　　tavern (ˈtævɚn) *n.* 酒館
chip (tʃɪp) *n.* 薄片　　***fish and chips*** 炸魚和薯條
reservation (ˌrɛzɚˈveʃən) *n.* 預約　　***walk-in*** 直接走進來的；免預約的
serve (sɜv) *v.* 服務　　***first-come first-served*** 先到者優先服務
spot (spɑt) *n.* 地點　　occasion (əˈkeʒən) *n.* 場合
accept (ækˈsɛpt) *v.* 接受　　credit (ˈkrɛdɪt) *n.* 信用；信任
credit card 信用卡　　rave (rev) *v.* 激賞；極力稱讚 <*about*>
old school 老派；保守派　　website (ˈwɛbˌsaɪt) *n.* 網站
page (pedʒ) *n.* 網頁　　buzz (bʌz) *n.* (短暫的) 熱潮 (= *fad*)
die down 逐漸消失；平息　　cash (kæʃ) *n.* 現金
require (rɪˈkwaɪr) *v.* 要求；需要　　service (ˈsɜvɪs) *n.* 服務
highly (ˈhaɪlɪ) *adv.* 高度地；非常地　　rate (ret) *v.* 評估；評價

32. (**B**) 男：妳對於台灣公民出國旅遊免簽證的政策熟悉嗎？

女：是的，我們可以免簽證到超過 150 個國家旅遊。

男：沒錯。而且這個數字還在不斷增加中。妳有利用過免簽證旅遊嗎？

女：事實上，我去年夏天就申請了打工度假簽證到澳洲。我在昆士
　　蘭一家濱海度假飯店打工。

男：哇，太棒了。妳待在澳洲愉快嗎？

問：關於這位女士何者正確？

A. 她是澳洲公民。　　　　　B. 她曾經在國外工作。

C. 她今天夏天會到澳洲旅遊。　D. 她沒有護照。

* familiar〔fə'mɪljə〕*adj.* 熟悉的　　visa〔'vizə〕*n.* 簽證
 waiver〔'wevə〕*n.* 放棄；棄權　　*visa waiver* 免簽證
 policy〔'pɑləsɪ〕*n.* 政策　　citizen〔'sɪtəzṇ〕*n.* 市民；公民
 abroad〔ə'brɔd〕*adv.* 在國外　　steadily〔'stɛdəlɪ〕*adv.* 穩定地；不斷地
 advantage〔əd'væntɪdʒ〕*n.* 優點　　*take advantage of* 利用
 actually〔'æktʃuəlɪ〕*adv.* 事實上　　*working holiday* 打工度假
 working holiday visa 打工度假簽證　　resort〔rɪ'zɔrt〕*n.* 度假飯店
 Queensland〔'kwinz,lænd , 'kwinzlənd〕*n.* 昆士蘭【澳洲東北部之一省，
 　首府為布里斯班 Brisbane〔'brɪzben , 'brɪzbən〕】
 awesome〔'ɔsəm〕*adj.* 令人敬畏的；很棒的
 Down Under 在澳洲（或紐西蘭）【因為這二國位於南半球】
 overseas〔'ovə'siz〕*adv.* 在海外　　passport〔'pæs,port〕*n.* 護照

33. (**A**) 男：噢，天啊！我好痛苦。

女：怎麼了？

男：我的手很酸，手指頭因為彈鋼琴練音階也很痛。

女：也許你該休息一下。

男：下週我有一個獨奏比賽。四月發生的事情我不要再重蹈覆轍。

女：你還在自責那個嗎？唉呀，沒什麼大不了的，沒人注意到啊。

男：沒有人注意到，除了評審、我的老師，和其他競爭對手。

問：四月最有可能發生什麼事情？

A. 這位男士在表演時犯了錯。

B. 這位男士彈鋼琴休息了一下。

C. 這位女士和其他競爭對手起了爭執。

D. 這位女士鋼琴比賽獲勝。

* man〔mæn〕*interj.* 天啊　　*in pain* 很痛苦　　sore〔sor〕*adj.* 酸痛的
 ache〔ek〕*v.* 疼痛　　scale〔skel〕*n.* 音階　　*take a break* 休息一下

recital〔rɪˈsaɪtl̩〕*n.* 獨奏會
competition〔ˌkɑmpəˈtɪʃən〕*n.* 競爭；比賽
repeat〔rɪˈpit〕*v., n.* 重複　　***beat** oneself **up*** 責怪自己
geez〔giz〕*interj.* 唉呀！　　***big deal*** 大事　　notice〔ˈnotɪs〕*v.* 注意
except〔ɪkˈsɛpt〕*prep.* 除了～之外　　judge〔dʒʌdʒ〕*n.* 裁判；評審
competitor〔kəmˈpɛtətɚ〕*n.* 競爭對手　　likely〔ˈlaɪklɪ〕*adv.* 可能地
performance〔pɚˈfɔrməns〕*n.* 表演　　fight〔faɪt〕*n.* 打架；吵架

34.(**C**) 男：嘿，凱莉，我打電話來確認卡塔利娜島的行程。妳這個週末請
　　　　好假了嗎？
　　　女：我問了，但是我老闆說不行。
　　　男：太可惜了。我想我們減少到五個人了：我、比爾、莎拉、珍，
　　　　和蘿拉。
　　　女：是啊，我原本很期待這趟旅行。我好久沒見到比爾和莎拉了。
　　　男：沒有妳就不一樣了。卡塔利娜在一年的這個時候很美，而且飯
　　　　店就在海灘上。
　　　女：嗯，往好處想，我可以想想我不用花掉的所有錢。
　　　問：這位女士為什麼不能去卡塔利娜旅行？
　　　A. 她負擔不起。　　　　　　B. 她身體不舒服。
　　　C. 她必須工作。　　　　　　D. 她必須上課。
　　* confirm〔kənˈfɝm〕*v.* 確認　　off〔ɔf〕*adv.* 休息
　　　down〔daʊn〕*adv.* 減少　　***look forward to** N/V-ing* 期待
　　　ages〔ˈedʒɪz〕*n. pl.* 很長的時間　　***on the bright side*** 往好處想
　　　afford〔əˈford〕*v.* 負擔得起　　***under the weather*** 身體不舒服
　　　attend〔əˈtɛnd〕*v.* 上（課）

35.(**C**) 男：我的小妹將會從大學回來過暑假。我真的很期待花些時間和她
　　　　在一起。
　　　女：你們兩個親近嗎？
　　　男：非常親近。當我 12 歲而蒂娜 6 歲時，我們失去了媽媽，兩年
　　　　後，我們的父親去世了。我們去和阿姨住在一起，但我幾乎是
　　　　自己在撫養蒂娜。
　　　女：哇，這是個悲傷的故事。但至少你和你妹妹的關係很好。

男：是的，而且我喜歡當大哥。你知道，她是一個好孩子。在學校
　　全部都拿 A，領韋爾斯利的全額獎學金。我非常以她為榮。

問：當他的父親去世時，這位男士幾歲？

A. 6 歲。　　　　　　　　　B. 12 歲。

C. <u>14 歲。</u>　　　　　　　　D. 21 歲。

* college〔ˋkɑlɪdʒ〕n. 大學；學院　　close〔klos〕adj. 親近的；親密的
later〔ˋletɚ〕adv. 以後；後來　　**pass away** 去世；離去
practically〔ˋpræktɪkḷɪ〕adv. 實際上；幾乎
raise〔rez〕v. 撫養；養育　　gee〔dʒi〕interj. 哇；啊
at least 至少　　relationship〔rɪˋleʃən͵ʃɪp〕n. 關係；親屬關係
kid〔kɪd〕n. 小孩　　straight〔stret〕adj. 不斷的；連續的
straight A's 成績全部都是 A　　full〔fʊl〕adj. 充足的；全額的
scholarship〔ˋskɑlɚ͵ʃɪp〕n. 獎學金
proud〔praʊd〕adj. 驕傲的；自豪的　　**be proud of** 以…為榮

36.(**C**) 女：明天是奧康納先生的最後一天。

男：那麼快？我以為他至少會待到年底。

女：我猜不是。他母親的身體狀況在上個月惡化了。

男：他的離開真是太糟了，但我了解他的理由。家人優先。

女：是的。事實上，我發現我自己在不久的將來，可能會處於類似
　　的情況。我爸爸的身體不好，而且已經快要到我媽媽無法再自
　　己照顧他的地步。

男：妳哥哥不是住在他們附近嗎？

女：他住在幾條街以外。但他有妻子、三個孩子，還有他的姻親要
　　應付。他盡他所能，但是他也分身乏術。

問：為什麼奧康納先生非常有可能離職？

A. 為了創業。　　　　　　　B. 他已經過了退休的年紀。

C. <u>為了照顧家庭成員。</u>　　　D. 他被提供一份薪水更高的工作。

* stay〔ste〕v. 停留；留　　end〔ɛnd〕n. 結束
condition〔kənˋdɪʃən〕n. 健康狀況；身體狀況
worsen〔ˋwɝsn̩〕v. 惡化　　reason〔ˋrizn̩〕n. 原因；理由
in fact 事實上；實際上　　similar〔ˋsɪmələ〕adj. 同樣的；類似的
situation〔͵sɪtʃʊˋeʃən〕n. 困境；立場

future〔'fjutʃ〕n. 未來　　***in the near future*** 在不久的將來
do well 情況很好　　point〔pɔɪnt〕n. 程度　　***take care of*** 照顧
by oneself 獨自地；獨力地　　***not…anymore*** 不再…
a couple of 幾個　　block〔blɑk〕n. 街區
away〔ə'we〕adv. 離去；以外　　***in-laws*** n. 姻親
deal with 處理；應付　　***have one's hands full*** 非常忙碌；分身乏術
position〔pə'zɪʃən〕n. 職位　　past〔pæst〕prep. 超過
retirement〔rɪ'taɪrmənt〕n. 退休　　offer〔'ɔfɚ〕v. 提供

37. (**B**) 男：晚餐差不多準備好了。妳喜歡紅酒還是白酒？

女：我比較喜歡紅酒，但是你做了魚，對嗎？不是白酒配海鮮嗎？

男：一般來說，是的。但我相信妳應該喝妳喜歡的，而不是去注意
嚴格的食物和酒的配對。

女：在紅酒部門你有什麼？

男：哦，我有很多紅酒的選擇！從加州、西班牙、法國、義大利、
阿根廷、澳洲，智利和葡萄牙。

女：哇！讓我們看看…嗯。你有黑比諾紅酒嗎？

男：我有！

問：這位男士對葡萄酒的態度是什麼？

A. 躬行己說。　　　　　　　B. **喝你喜歡的東西。**
C. 有備無患。　　　　　　　D. 盡情舞蹈，像沒人在看一樣。

* prefer〔prɪ'fɝ〕v. 比較喜歡　　wine〔waɪn〕n. 酒；葡萄酒
correct〔kə'rɛkt〕adj. 對的；正確的　　serve〔sɝv〕v. 供應；上（菜）
seafood〔'si,fud〕n. 海鮮　　generally〔'dʒɛnərəlɪ〕adv. 一般地；通常
generally speaking 一般來說　　***instead of*** 而不是
attention〔ə'tɛnʃən〕n. 注意；留心　　***pay attention to*** 注意
rigorous〔'rɪgərəs〕adj. 嚴格的；正確的　　pairing〔'pɛrɪŋ〕n. 搭配
department〔dɪ'pɑrtmənt〕n. 部門　　selection〔sə'lɛkʃən〕n. 精選品
California〔,kælə'fɔrnjə〕n. 加州　　Spain〔spen〕n. 西班牙
France〔fræns〕n. 法國　　Italy〔'ɪtl̩ɪ〕n. 義大利
Argentina〔,ɑrdʒən'tinə〕n. 阿根廷　　Australia〔ɔ'streljə〕n. 澳洲
Chile〔'tʃɪlɪ〕n. 智利　　Portugal〔'portʃəg!〕n. 葡萄牙
pinot noir 黑比諾【紅葡萄酒品種之一】　　attitude〔'ætə,tud〕n. 態度
practice〔'præktɪs〕v. 練習；實行　　preach〔pritʃ〕v. 傳教；倡導

> *Practice what you preach*. 實行你所倡導的；【諺】躬行己說。
> (*It is*) *better* (*to be*) *safe than sorry*. 【諺】安全總比後悔好；有備無患。

38. (**B**) 女：你以前和茉莉亞‧皮爾斯約會過嗎？
　　　　　男：那是很久以前的事。不過是的，我們約會過一陣子。
　　　　　女：這段關係曾經發生了什麼事？
　　　　　男：我不記得了。就有點草草結束，我們接受現實，繼續前進。
　　　　　女：嗯，我聽說她下個月要結婚了。
　　　　　男：誰是幸運兒？
　　　　　女：從西雅圖來的某人，他自己擁有某種景觀美化的事業。
　　　　　男：那很好啊。我希望他們開心。
　　　　　問：這位男士和茉莉亞‧皮爾斯之間發生了什麼事？

A. 他們結婚並搬到西雅圖。　　B. 他們約會過一陣子，然後分手。
C. 他們在墨西哥郵輪之旅時相識。
D. 他們一起開創景觀美化的業務。

* date〔det〕*v.* 約會　　*for a while* 一陣子
　kind of 有點　　fizzle〔ˈfɪzḷ〕*v.* (虎頭蛇尾地) 結束 < *out* >
　move on 接受現實，繼續前進　　*get married* 結婚
　lucky〔ˈlʌkɪ〕*adj.* 幸運的　　guy〔gaɪ〕*n.* 人；傢伙
　dude〔dud〕*n.* 人；傢伙 (= *man*)　　Seattle〔sɪˈætḷ〕*n.* 西雅圖
　own〔on〕*v.* 擁有　　landscape〔ˈlænskep〕*v.* 做景觀美化；造園
　business〔ˈbɪznɪs〕*n.* 業務；公司　　*part ways* 分手
　Mexican〔ˈmɛksɪkən〕*adj.* 墨西哥的　　cruise〔kruz〕*n.* 郵輪之旅

39. (**B**) 男：艾倫，門口有個男孩找妳。他說他的名字是蘭迪。
　　　　　女：告訴他我不在家。
　　　　　男：我也想，但我已經告訴他妳在家了。
　　　　　女：告訴他我正在睡覺。
　　　　　男：親愛的，現在是晚上七點半。他不會相信的。
　　　　　女：我不在乎。告訴他什麼都行。叫他走開就是，我不想要見他。
　　　　　男：親愛的，我不會為了妳去對那男孩說謊。妳現在下去到那裡，
　　　　　　　自己告訴他妳不想見他。要嘛妳那麼做，要嘛就是我邀請他進
　　　　　　　來，和我及傑克一起看比賽。

女：你不敢！

男：妳看我敢不敢。

問：這位男士暗示什麼？

A. 他不喜歡蘭迪。　　　　　B. 他是認真的。

C. 他要某人去看他。　　　　D. 他不會邀請蘭迪進來。

* buy〔baɪ〕v. 相信；接受　　care〔kɛr〕v. 在乎；介意

go away 離開　　lie〔laɪ〕v. 說謊

sweetheart〔'swit,hɑrt〕n. 親愛的；甜心　　*go down* 下去；下降

either…or~ 不是…就是~　　invite〔ɪn'vaɪt〕v. 邀請

dare〔dɛr〕v. 敢　　imply〔ɪm'plaɪ〕v. 暗示

He means what he says. 他是認真的；他不是開玩笑的。

40. (**C**) 女：雨真的下下來了。

男：沒開玩笑。我剛在收音機裡聽到一個瞬間山洪的警告。

女：這是一個潮濕的冬天，地面濕度已經飽和。如果雨再下個一兩
時，我們就會有一些嚴重的問題了。

男：我們這裡是山頂應該還好，但山谷裡的人們就會被淹到了。

女：嗯，如果我們被困在這裡，不能開車到城裡購買物資，對我們
來說，會是一個問題。

問：這位男士在收音機裡聽到什麼？

A. 交通報導。　　　　　　　B. Super Junior 的新歌。

C. 洪水警告。　　　　　　　D. 保險廣告。

* kid〔kɪd〕v. 開玩笑　　flash〔flæʃ〕adj. 瞬間的；突然而短暫的

flood〔flʌd〕n. 洪水；水災　　warning〔'wɔrnɪŋ〕n. 警告

wet〔wɛt〕adj. 濕的；潮濕的　　ground〔graʊnd〕n. 地面；土地

saturated〔'sætʃə,retɪd〕adj. 濕透的；飽和的

dump〔dʌmp〕v. 傾倒；砰然落下　　inch〔ɪntʃ〕n. 英吋

serious〔'sɪrɪəs〕adj. 嚴重的　　top〔tɑp〕n. 頂端

ridge〔rɪdʒ〕n. 山脊　　valley〔'vælɪ〕n. 山谷

swamp〔swɑmp〕v. 淹沒；淹水　　trap〔træp〕v. 困住

supplies〔sə'plaɪz〕n. 糧食；生活用品

advertisement〔,ædvə'taɪzmənt〕n. 廣告

insurance〔ɪn'ʃʊrəns〕n. 保險

41. (**A**) 男：嗯，我們到了。

女：就是這裡嗎？我本來期待…更具戲劇性的東西。

男：哦，這只是入口。我們距離主屋還有大約一哩。

女：乳牛在哪裡？

男：酪農場在那個方向大約四分之一哩。但再過幾分鐘，我們會經過馬廄和畜欄。就在那裡。

女：哇，你有幾匹馬？

男：妳在那裡看到大部分的馬都不屬於我們。我們經營馬匹寄宿和種馬配種服務。

問：說話者在哪裡？

A. 在牧場上。   B. 在公園裡。
C. 在博物館裡。   D. 在餐館裡。

* expect〔ɪkˋspɛkt〕v. 期待　　dramatic〔drəˋmætɪk〕adj. 戲劇性的
entrance〔ˋɛntrəns〕n. 入口；大門　　cow〔kaʊ〕n. 母牛；乳牛
dairy〔ˋdɛrɪ〕adj. 酪農的　　quarter〔ˋkwɔrtɚ〕n. 四分之一
direction〔dəˋrɛkʃən〕n. 方向　　***pass by*** 通過
barn〔bɑrn〕n. 倉庫；馬廄　　corral〔kəˋræl〕n. 畜欄
moment〔ˋmomənt〕n. 片刻　　belong〔bəˋlɔŋ〕v. 屬於 < to >
run〔rʌn〕v. 經營　　boarding〔ˋbordɪŋ〕n. 寄宿
stud〔stʌd〕n. 種馬　　service〔ˋsɝvɪs〕n. 服務
ranch〔ræntʃ〕n. 牧場　　museum〔mjuˋziəm〕n. 博物館

42. (**B**) 女：當你的電腦硬碟毀損時，你能夠救出你失去的資料嗎？

男：不。我實驗得來的所有結果都沒了。

女：你是否嘗試打電話找資訊部的人？

男：還沒。我還在努力想自己把它找回來。

女：嗯，如果你感到很挫敗，你應該打電話給肯尼‧包爾斯。他是資訊部真正的高手。當我的硬碟毀損時，他能夠救回我 99% 的資料。

問：我們對肯尼‧包爾斯知道什麼？

A. 他住在市中心。   B. 他在資訊部工作。
C. 他的電腦壞了。   D. 他的資料遺失了。

* ***be able to V*** 能夠　　rescue〔'rɛskju〕*v.* 解救；救出
data〔'detə〕*n. pl.* 資料　　lose〔luz〕*v.* 遺失；失去
hard drive 硬碟　　crash〔kræʃ〕*v.* 毀壞　　result〔rɪ'zʌlt〕*n.* 結果
experiment〔ɪk'spɛrəmənt〕*n.* 實驗　　gone〔ɡɑn〕*adj.* 不見了
IT 資訊科技【information technology 的縮寫】
department〔dɪ'pɑrtmənt〕*n.* 部門　　***not yet*** 尚未；還沒
on one's ***own*** 自己；獨力地　　frustrated〔'frʌstretɪd〕*adj.* 挫折的
wizard〔'wɪzəd〕*n.* 巫師；高手　　downtown〔'daʊnˌtaʊn〕*adv.* 在市中心

43. (**A**) 男：嗨，發生了什麼事？我試著打電話給妳打了一整天。

女：是的，抱歉。我的手機關機了，直到幾分鐘前我才知道。我還
　　覺得有點奇怪，我怎麼沒有收到任何電話或簡訊，但是我一直
　　很忙。

男：好的，嗯，我有一些消息要告訴妳。明天的藝術史講座地點已
　　經移到克魯格大禮堂。顯然弗林克教授有一些特別的計劃。

女：嗯。我很好奇可能是什麼⋯？無論如何，謝謝你的提醒。

男：如果妳想找個好位子就早點到。我聽說其他系的人也會來，所
　　以會很擁擠。

問：這位男士建議這位女士做什麼？

A. 提早抵達活動。　　　　　　B. 重新安排預約。
C. 打開她的手機。　　　　　　D. 聯絡他們的教授。

* ***what's going on*** 發生什麼事　　***cell phone*** 手機
switch off 關掉　　realize〔'riəˌlaɪz〕*v.* 了解；領悟
kind of 有點　　receive〔rɪ'siv〕*v.* 收到　　text〔tɛkst〕*n.* 簡訊
location〔lo'keʃən〕*n.* 地點　　lecture〔'lɛktʃə〕*n.* 演講；講課；講座
auditorium〔ˌɔdə'torɪəm〕*n.* 演講廳；大禮堂
apparently〔ə'pærəntlɪ〕*adv.* 明顯地　　professor〔prə'fɛsə〕*n.* 教授
wonder〔'wʌndə〕*v.* 想知道　　anyway〔'ɛnɪˌwe〕*adv.* 無論如何
heads up 注意；提醒　　seat〔sit〕*n.* 座位
department〔dɪ'pɑrtmənt〕*n.* 科系　　***show up*** 出現
crowded〔'kraʊdɪd〕*adj.* 擁擠的　　suggest〔sə(g)'dʒɛst〕*v.* 建議
event〔ɪ'vɛnt〕*n.* 事件　　reschedule〔ri'skɛdʒul〕*v.* 重新安排
appointment〔ə'pɔɪntmənt〕*n.* 約會；預約
turn on 打開　　contact〔'kɑntækt〕*v.* 聯絡

44. (**A**) 女：是我產生幻覺嗎，我剛才在七樓走廊從 Vicki Chan 身旁經過？

男：不，妳沒產生幻覺。她回來了。

女：你在開玩笑吧！在她做了那些蠢事之後，怎麼可能？

男：嗯…我不是要散播辦公室八卦，但是傳言她和 Dan Wang 有點曖昧。

女：他已婚耶！

男：那何時阻止過任何人？還有，Vicki 是相當有吸引力的。我完全不責怪 Wang。無論如何，謠言是在她被解僱後，Wang 去找了 Chloe Pan，然後 Chloe 說服了 Jack Ho 給 Vicki 另一個機會。

女：我快要吐了。

問：Jack Ho 最有可能是誰？

A. 公司的老闆。　　　　　　　B. Vicki Chan 的父親。

C. Dan Wang 的直屬長官。　　D. Chloe Pan 的秘書。

* hallucinate ﹝ hə'lusn͵et ﹞ v. 產生幻覺　　pass ﹝ pæs ﹞ v. 通過；經過
hallway ﹝'hɔl͵we ﹞ n. 走廊　　nope ﹝ nop ﹞ adv. 不；不是 (= no)
be seeing things 產生幻覺　　**You're kidding!** 你在開玩笑吧！
stunt ﹝ stʌnt ﹞ n. 特技；引人注意的行動　　**pull a stunt** 耍把戲；做蠢事
spread ﹝ sprɛd ﹞ v. 流傳；散播　　gossip ﹝'gɑsəp ﹞ n. 閒話；八卦
word ﹝ wɝd ﹞ n. 傳言　　married ﹝'mærɪd ﹞ adj. 已婚的
besides ﹝ bɪ'saɪdz ﹞ adv. 此外　　quite ﹝ kwaɪt ﹞ adv. 相當地
attractive ﹝ ə'træktɪv ﹞ adj. 吸引人的　　blame ﹝ blem ﹞ v. 責怪
rumor ﹝'rumɚ ﹞ n. 謠言；流言　　fire ﹝ faɪr ﹞ v. 開除
persuade ﹝ pɚ'swed ﹞ v. 說服　　sick ﹝ sɪk ﹞ adj. 作嘔的
direct ﹝ də'rɛkt ﹞ adj. 直接的　　supervisor ﹝'supɚ͵vaɪzɚ ﹞ n. 監督者
secretary ﹝'sɛkrə͵tɛrɪ ﹞ n. 秘書

45. (**C**) 男：妳的班機什麼時候飛紐約？

女：十二點半。

男：哦，妳最好出發了。現在九點半。

女：我有車會來接我。應該可能隨時會到。

男：祝妳旅途平安。妳預計什麼時候回來？

女：週二，四號。

男：太好了！到時候見。

問：到這位女士的班機起飛還有多久？

A. 一小時。   B. 兩小時。

C. <u>三小時。</u>   D. 四小時。

* flight〔flaɪt〕*n.* 班機   ***leave for*** 前往
  pick up 搭載（某人）   due〔du〕*adj.* 到期的

二、閱讀能力測驗

第一部份：詞彙和結構

1. (**C**) 我不是女傭。你們這些小孩年紀已經夠大，<u>自己弄髒的自己清理</u>
<u>乾淨</u>。

  clean up after sb. 把某人弄髒的清理乾淨

  * housemaid〔ˈhaʊsˌmed〕*n.* 女傭 ***clean up*** 清潔

2. (**B**) 昨晚有三盞奇怪、顫動的燈光，<u>被看到</u>盤旋在休士頓市上空。

  依句意，燈光「被看到」，were 後要接過去分詞，sight 和 see 都
是動詞「看見」，過去分詞分別是 ***sighted*** 和 seen，故本題選 (B)。

  * pulsating〔ˈpʌlsetɪŋ〕*adj.* 搏動的；顫動的 hover〔ˈhʌvɚ〕*v.* 盤旋

3. (**D**) 除了已經擁有的保險範圍之外，大部分的租車公司會強迫顧客購買
額外的<u>保單</u>。

  (A) entrance〔ˈɛntrəns〕*n.* 入口 (B) project〔ˈprɑdʒɛkt〕*n.* 計畫

  (C) final〔ˈfaɪn̩〕*n.* 決賽；期末考

  (D) ***policy***〔ˈpɑləsɪ〕*n.* 政策；保險單 ***insurance policy*** 保險單

  * rental〔ˈrɛnt̩〕*n.* 出租 force〔fors〕*v.* 強迫
  take out 買（保險） additional〔əˈdɪʃən̩〕*adj.* 額外的
  insurance〔ɪnˈʃʊrəns〕*n.* 保險 ***in addition to*** 除了⋯之外
  coverage〔ˈkʌvərɪdʒ〕*n.* 保險範圍

4. (**B**) 因為又一次的考試成績不好而受挫，葛蘭達開始哭泣，淚珠很快順
著她的臉龐<u>流下</u>。

  (A) cloud〔klaʊd〕*n.* 雲 *v.* 變陰暗 cloud up 變陰暗；變模糊

  (B) ***stream***〔strim〕*v.* 流出 ***stream down*** 流下

  (C) head for 前往   (D) come from 來自

* frustrate (ˈfrʌstret) v. 使受挫　　*yet another* 又一個
　score (skor) n. 成績　　tear (tɪr) n. 眼淚

5. (C) 官員發布了一則政府部門的公告，建議國民在暴風雨期間，尋找避
　　　　雨的場所，並待在室內。

(A) disguise (dɪsˈgaɪz) v. 偽裝
(B) comprise (kəmˈpraɪz) v. 包含；構成
(C) *advise* (ədˈvaɪz) v. 建議；勸告
(D) surprise (səˈpraɪz) v. 使驚訝

* official (əˈfɪʃəl) n. 官員　　issue (ˈɪʃu) v. 發布
　public (ˈpʌblɪk) adj. 公開的；政府的
　service (ˈsɝvɪs) n. 機構；單位　　*public service* 政府部門
　announcement (əˈnaʊnsmənt) n. 公告　　citizen (ˈsɪtəzn̩) n. 國民
　seek (sik) v. 尋找　　shelter (ˈʃɛltɚ) n. 避難所
　stay (ste) v. 停留　　indoors (ˈɪnˈdorz) adv. 在室內

6. (D) 沒有人知道他在那些夜裡都在房間裡做些什麼。

句中時態分別為過去和過去進行式，故須選較遠的代名詞，以表示
時間差距，又 nights 為複數名詞，故選 (D) *those*「那些」。

7. (C) 電話上是哈莉特。她今晚無法到場。

(A) jump to　跳到
(B) roll (rol) v. 滾動　　roll down　滾下
(C) *make it*　趕到　　　　(D) come from　來自

8. (C) 你怎麼會如此匆忙呢？公車還要一小時才會離開。

選項中唯一可以放在冠詞 a 前面的只有 (C) *such*「如此」。

* hurry (ˈhɝɪ) n. 匆忙　　*in a hurry* 匆忙地
　leave (liv) v. 離開

9. (C) 令比利相當驚訝的是，圖書館有他在尋找的書。

(A) look　看　　　　　　　(B) look at　注視
(C) *look for*　尋找　　　　(D) look around　四處看看

* *much to one's surprise* 令某人非常驚訝的是

10. (**D**) 從我上次在美國見到一些親戚以來，至少已經<u>十年</u>了。

  (A) epic〔ˈɛpɪk〕*n.* 史詩　　　(B) moment〔ˈmomənt〕*n.* 片刻

  (C) milestone〔ˈmaɪl͵ston〕*n.* 里程碑

  (D) ***decade***〔ˈdɛked〕*n.* 十年

  * relative〔ˈrɛlətɪv〕*n.* 親戚

11. (**D**) 如果你在尋找便宜的新電腦，你應該<u>看看</u>台中的科技市場。

  (A) lock in 把…關在裡面

  (B) freeze〔friz〕*v.* 冷凍　　freeze up 使凍結

  (C) back down 放棄；讓步　　(D) ***check out*** 看看；查看

  * bargain〔ˈbɑrgɪn〕*n.* 便宜貨　　technology〔tɛkˈnɑlədʒɪ〕*n.* 科技

12. (**A**) 當我告訴瑪莉我以滿分通過考試時，她<u>懷疑地</u>看著我。

  (A) ***disbelief***〔͵dɪsbəˈlif〕*n.* 不相信；懷疑　　***in disbelief*** 懷疑地

  (B) trust〔trʌst〕*n.* 信賴　　(C) mourning〔ˈmornɪŋ〕*n.* 哀悼

  (D) comfort〔ˈkʌmfət〕*n.* 安慰

  * pass〔pæs〕*v.* 通過（考試）　　perfect〔ˈpɝfɪkt〕*adj.* 完美的

  perfect score 滿分

13. (**D**) 我想我今天練習足球時<u>拉傷肌肉</u>了。我的腿很疼痛。

  (A) daisy〔ˈdezɪ〕*n.* 雛菊

  (B) pump〔pʌmp〕*v.* 打氣　　volume〔ˈvɑljəm〕*n.* 音量

  pump up the volume 調高音量

  (C) pick〔pɪk〕*v.* 選擇　　battle〔ˈbætl̩〕*n.* 戰鬥

  pick one's battle(s) 選擇某人的戰鬥；不要為小事抓狂

  (D) ***pull***〔pʊl〕*v.* 拉傷　　***muscle***〔ˈmʌsl̩〕*n.* 肌肉

  * sore〔sor〕*adj.* 疼痛的

14. (**D**) 你<u>比較喜歡</u>靠走道的座位還是靠窗的座位呢？

  (A) meet〔mit〕*v.* 見面　　(B) cause〔kɔz〕*v.* 導致

  (C) know〔no〕*v.* 知道　　(D) ***prefer***〔prɪˈfɝ〕*v.* 比較喜歡

  * aisle〔aɪl〕*n.* 走道　　***aisle seat*** 靠走道的座位

  window seat 靠窗的座位

15. (**D**) 為了保護你自己，騎腳踏車的時候，你應該要戴安全帽。

    (A) spirit (ˈspɪrɪt) *n.* 精神

    (B) guardian (ˈgɑrdɪən) *n.* 守護者；監護人

    (C) barrier (ˈbærɪə) *n.* 障礙物

    (D) ***protection*** (prəˈtɛkʃən) *n.* 保護

    * helmet (ˈhɛlmɪt) *n.* 安全帽；頭盔

第二部份：段落填空

第 16 至 20 題

    喀嗒聲是說話時發出的聲音，在許多非洲語言中<u>被使用</u>，特別是在科伊桑

　　　　　　　　　　　　　　　　　　　　　　　　16
族語系裡。要<u>產生</u>這個聲音，要抬高舌頭背部接觸到上顎，同時閉上嘴唇，或

　　　17
用舌頭的尖端和側面接觸牙齒。唯一非非洲語言，已知使用喀嗒聲，作為常規
說話的聲音的是 Damin，是<u>有些</u>澳洲原住民所使用的。英語和許多其他語言可

　　　　　　　　　　　　　　　　18
能會使用喀嗒聲當感嘆詞，<u>例如</u>齒音 "tsk-tsk" 的聲音用於表示不贊成，或用

　　　　　　　　　　　　　19
馬叫的邊音 "tchick-tchick"。在中文裡，鼻子的喀嗒聲用於童謠，而在義大利
南部的方言，如西西里島方言中，喀嗒聲<u>伴隨著</u>向上傾斜的頭部表示「不」。

　　　　　　　　　　　　　　　　　　　20

    * click (klɪk) *n.* 喀嗒聲　　speech (spitʃ) *n.* 說話
      sound (saʊnd) *n.* 聲音　　particularly (pəˈtɪkjələlɪ) *adv.* 特別地；尤其
      raise (rez) *v.* 舉起；提高　　tongue (tʌŋ) *n.* 舌頭
      contact (ˈkɑntækt) *n.* 接觸　　palate (ˈpælɪt) *n.* 上顎
      simultaneously (ˌsaɪmlˈtenɪəslɪ) *adv.* 同時地　　tip (tɪp) *n.* 尖端
      side (saɪd) *n.* 側面　　regular (ˈrɛgjələ) *adj.* 正規的；標準的
      aboriginal (ˌæbəˈrɪdʒənl) *adj.* 土著的；原住民的
      Australian (ɔˈstreljən) *n.* 澳洲人
      interjection (ˌɪntəˈdʒɛkʃən) *n.* 突然插入；感嘆詞
      dental (ˈdɛntl) *adj.* 牙齒的；齒音的　　express (ɪkˈsprɛs) *v.* 表達
      disapproval (ˌdɪsəˈpruvl) *n.* 不贊成　　lateral (ˈlætərəl) *n.* 邊音
      nasal (ˈnezl) *adj.* 鼻子的　　nursery (ˈnɝsərɪ) *n.* 托兒所；育嬰室
      rhyme (raɪm) *n.* 韻；押韻詩　　***nursery rhyme*** 童謠；兒歌

southern〔'sʌðən〕*adj.* 南方的　　Italian〔ɪ'tæljən〕*adj.* 義大利的
dialect〔'daɪə,lɛkt〕*n.* 方言　　Sicilian〔sɪ'sɪlɪən〕*n.* 西西里島方言
tip〔tɪp〕*v.* 使傾斜　　upwards〔'ʌpwədz〕*adv.* 向上地
signify〔'sɪgnə,faɪ〕*v.* 意味著；表示

16. (**C**) 依句意,「在」許多語言「中被使用」,選 (C) *used in*。

17. (**D**) 依句意,這個聲音「被產生,是藉由…」,選 (D) *produced by*。
而 (A) producing 用主動,(B) product「產品;產物」為名詞,
(C) process「處理」,皆不合。

18. (**C**) (A) unclear〔ʌn'klɪr〕*adj.* 不清楚的
(B) worried〔'wɜɪd〕*adj.* 擔心的
(C) *certain*〔'sɜtn̩〕*adj.* 確定的;某些
(D) fertile〔'fɜtl̩〕*adj.* 肥沃的;豐富的

19. (**A**) 依句意,選 (A) *such as*「例如」。

20. (**D**) (A) risk〔rɪsk〕*v.* 冒～的危險
(B) surround〔sə'raʊnd〕*v.* 圍繞;環繞
(C) prove〔pruv〕*v.* 證明
(D) *accompany*〔ə'kʌmpənɪ〕*v.* 伴隨

第 21 至 25 題

　　大衛・里卡多是一位英國經濟學家,他在轉向研究政治經濟學之前,在股
　　　　　　　　　　　　　　　　　　21
票市場發了財,在 1817 年,出版了他的主要著作《政治經濟與課稅原則》。
根據他的勞動價值理論,幾乎任何好處的價值,都是生產它所需勞動的尺度;
　　　　　　　　　　　　　　　　　　　　　　　　　　　　　　　22
因此,10 美元的手錶比 1 美元鉛筆,需要 10 倍的勞動力。根據他的《工資鐵
23
律》,當實際工資增加,實際利潤就會下降,因為製作成品的銷售所得,分配
　　　　　　　　　　　　　　　　　24
在利潤和工資之間。他在《利潤論》中提到,「利潤取決於高或低工資,工資
取決於必需品的價格,而必需品的價格主要取決於食物的價格。」
　　　　　　　　　　　　　　　　25

* British〔'brɪtɪʃ〕*adj.* 英國（人）的　　economist〔ɪ'kɑnəmɪst〕*n.* 經濟學家
fortune〔'fɔrtʃən〕*n.* 財富　　***make a fortune*** 發財
stock〔stɑk〕*n.* 股票　　***stock market*** 股票市場　　***turn to*** 轉向
political〔pə'lɪtɪkḷ〕*adj.* 政治的　　economy〔ɪ'kɑnəmɪ〕*n.* 經濟
publish〔'pʌblɪʃ〕*v.* 出版　　major〔'meʒɚ〕*adj.* 主要的；重要的
work〔wɜk〕*n.* 作品　　principle〔'prɪnsəpḷ〕*n.* 原則；原理
taxation〔tæks'eʃən〕*n.* 課稅　　labor〔'lebɚ〕*n.* 勞動
value〔'vælju〕*n.* 價值　　produce〔prə'djus〕*v.* 生產；製造
require〔rɪ'kwaɪr〕*v.* 需要；要求　　iron〔'aɪən〕*n.* 鐵
law〔lɔ〕*n.* 法律；法則　　wage〔wedʒ〕*n.* 工資；薪水
increase〔ɪn'kris〕*v.* 增加；提高　　profit〔'prɑfɪt〕*n.* 利潤
revenue〔'rɛvə,nu〕*n.* 歲入　　manufacture〔,mænjə'fæktʃɚ〕*v.* 製造
split〔splɪt〕*v.* 分配　　essay〔'ɛse〕*n.* 評論　　***depend on*** 依賴
price〔praɪs〕*n.* 價格；代價　　necessary〔'nɛsə,sɛrɪ〕*n.* 必需品

21.(**B**) 關代引導形容詞子句，修飾先行詞 economist，選 (B) ***who***。

22.(**A**) (A) ***measure***〔'mɛʒɚ〕*n.* 尺度；標準
　　　　　(B) catch〔kætʃ〕*n.* 陷阱
　　　　　(C) theory〔'θiərɪ〕*n.* 理論
　　　　　(D) barrier〔'bærɪɚ〕*n.* 障礙

23.(**B**) 依句意選 (B) ***thus***「因此」，為轉承語，承接前後兩句話。

24.(**C**) (A) decease〔dɪ'sis〕*v.* 死亡
　　　　　(B) devour〔dɪ'vaʊr〕*v.* 毀滅；吞食
　　　　　(C) ***decrease***〔dɪ'kris〕*v.* 減少
　　　　　(D) deliver〔dɪ'lɪvɚ〕*v.* 遞送

25.(**D**) (A) lovely〔'lʌvlɪ〕*adj.* 美麗的；可愛的
　　　　　(B) timidly〔'tɪmɪdlɪ〕*adv.* 膽小地；羞怯地
　　　　　(C) brashly〔'bræʃlɪ〕*adv.* 無禮地；輕率地
　　　　　(D) ***chiefly***〔'tʃiflɪ〕*adv.* 主要地

第三部份：閱讀理解

第 26 至 28 題

俄亥俄州第一名的報紙
克利夫蘭審查報

想要**你**加入我們獲獎的新聞團隊

我們正在尋找下列職位的合格應徵者：

本地新聞記者
♦ 新聞學或相關領域學士學位。
♦ 必須最少兩年專業的報導經驗。
♦ 雙語者優先，但非必需。

編審
♦ 英語為母語者。
♦ 在任何領域的四年制大學學位。
♦ 非常注意細節。
♦ 專業的編輯經驗優先，但不是必需的。

履歷請寄到 careers@clevex.mail.com

* Ohio〔o'haɪo〕 *n.* 俄亥俄州【位於美國東北部，五大湖區】
　Cleveland〔'klivlənd〕 *n.* 克利夫蘭【俄亥俄州第二大都市】
　examiner〔ɪg'zæmɪnɚ〕 *n.* 審查員　join〔dʒɔɪn〕 *v.* 加入
　award〔ə'wɔrd〕 *n.* 獎　award-winning〔ə'wɔrd,wɪnɪŋ〕 *adj.* 獲獎的
　seek〔sik〕 *v.* 徵求；尋求　qualified〔'kwɑlə,faɪd〕 *adj.* 合格的
　applicant〔'æpləkənt〕 *n.* 申請人；應徵者
　following〔'fɑləwɪŋ〕 *adj.* 以下的；下列的
　position〔pə'zɪʃən〕 *n.* 職位　local〔'lokḷ〕 *adj.* 當地的
　reporter〔rɪ'portɚ〕 *n.* 記者　bachelor〔'bætʃələ〕 *n.* 學士
　degree〔dɪ'gri〕 *n.* 學位　journalism〔'dʒɝnḷ,ɪzəm〕 *n.* 新聞學
　related〔rɪ'letɪd〕 *adj.* 相關的　field〔fild〕 *n.* 領域

minimum〔'mɪnəməm〕*n.* 最少量
professional〔prə'fɛʃənl̩〕*adj.* 專業的　　experience〔ɪk'spɪrɪəns〕*n.* 經驗
required〔rɪ'kwaɪrd〕*adj.* 必要的；必需的
bilingual〔baɪ'lɪŋgwəl〕*n.* 能說雙語的人　*adj.* 能說雙語的
prefer〔prɪ'fɝ〕*v.* 比較喜歡　copy〔'kɑpɪ〕*n.*（印刷的）原稿
editor〔'ɛdɪtɚ〕*n.* 編輯；校訂者　native〔'netɪv〕*adj.* 本國的；本地的
excellent〔'ɛksḷənt〕*adj.* 優異的　　attention〔ə'tɛnʃən〕*n.* 注意；注意力
detail〔'ditel〕*n.* 細節　edit〔'ɛdɪt〕*v.* 編輯；校訂
resume〔,rɛzʊ'me〕*n.* 履歷；簡歷

26.(**B**) 這個通知的目的是什麼？

(A) 趕上最後期限。　　　(B) 尋找新員工。
(C) 宣布一個獎項。　　　(D) 促銷俄亥俄州第一名的報紙。

* purpose〔'pɝpəs〕*n.* 目的　　notice〔'notɪs〕*n.* 通知
deadline〔'dɛd,laɪn〕*n.* 最後期限　　employee〔,ɛmplɔɪ'i〕*n.* 員工
announce〔ə'naʊns〕*v.* 宣布　　promote〔prə'mot〕*v.* 促銷

27.(**B**) 本地新聞記者職位需要什麼條件？

(A) 非常注意細節。　　　(B) 最少兩年的報導經驗。
(C) 專業的編輯經驗。　　(D) 雙語能力。

* ability〔ə'bɪlətɪ〕*n.* 能力

28.(**C**) 何者不是編審職位的必要條件？

(A) 英語母語的技能。　　(B) 四年制大學學位。
(C) 專業的編輯經驗。　　(D) 非常注意細節。

* skill〔skɪl〕*n.* 技能；技術

第 29 至 30 題

台北美國學校家長與教師聯誼會

第 25 屆春季博覽會

4 月 16 日

上午 10:00 至下午 4:00

音樂，表演，美食，購物，
義賣，書籍，手工藝，樂趣，遊戲

入場費：新台幣 100 元

地點：台北美國學校
台北市士林區中山北路六段 600 號

* PTA〔ˈpiˌtiˈe〕 *n.* 家長和教師聯誼會（= *Parent-Teacher Association*）
annual〔ˈænjuəl〕 *adj.* 年度的；每年的　　fair〔fɛr〕 *n.* 博覽會；市集
performance〔pɚˈfɔrməns〕 *n.* 表演　　shopping〔ˈʃɑpɪŋ〕 *n.* 購物
rummage〔ˈrʌmɪdʒ〕 *n.* 搜遍；搜尋出來的零星物品
rummage sale 零星物品大拍賣；慈善義賣
craft〔kræft〕 *n.* 工藝；手工藝　　fun〔fʌn〕 *n.* 樂趣
game〔gem〕 *n.* 遊戲；娛樂　　admission〔ədˈmɪʃən〕 *n.* 入場
fee〔fi〕 *n.* 費用　　location〔loˈkeʃən〕 *n.* 地點；位置
section〔ˈsɛkʃən〕 *n.*（地址）段　　district〔ˈdɪstrɪkt〕 *n.* 行政區

29.(**C**) 這是什麼的廣告？

　(A) 新學校的慈善活動。　　(B) 家長會。
　(C) 一天校慶。　　　　　　(D) 文化活動。

　* advertise〔ˈædvɚˌtaɪz〕 *v.* 登廣告　　charity〔ˈtʃærətɪ〕 *n.* 慈善
　event〔ɪˈvɛnt〕 *n.* 事件；活動　　festival〔ˈfɛstəvl̩〕 *n.* 節慶；慶典
　cultural〔ˈkʌltʃərəl〕 *adj.* 文化的

30.(**A**) 一家四口人進入博覽會，預期要付多少錢？

　(A) 新台幣 400 元。　　　　(B) 4 月 16 日。
　(C) 中山北路。　　　　　　(D) 只有星期一。

　* expect〔ɪkˈspɛkt〕 *v.* 預期　　***get into*** 進入

第 31 至 33 題

主旨：重要訊息──請閱讀 !!! 電子郵件安全
日期：5 月 5 日
來自：csbank.admin@csbank.net.hk
到　：（收件人未顯示）

親愛的貴賓：

　　香港 Clownshoes 銀行要讓我們的客戶知道，一家我們用來發送電子郵件的買家 GammaBeta 通知我們，有一個在 GammaBeta 外部未經授權的人，取得了一些包含 Clownshoes 客戶電子郵件地址的檔案。我們有一個團隊正在進行調查，我們有信心找回訊息，包括一些 Clownshoes 客戶的電子郵件地址，但不包括任何客戶的帳號或財務訊息。

　　如果這樣造成您的不便，我們深感抱歉。我們想要提醒您，Clownshoes 從未在電子郵件中，詢問您的個人資料，或要求登錄身分證明。與往常一樣，如果您收到要求您個人資料的電子郵件，請務必小心謹慎，並注意不必要的垃圾郵件。藉由電子郵件去要求個人資料，這不是 Clownshoes 的做法。

　　做為提醒，我們建議您：
* 要求您輸入個人資料，直接進入郵件的電子郵件，不要回覆。
* 威脅您如果不立即採取行動提供個人資料，就關閉您帳戶的電子郵件，不要回覆。
* 要求您發送個人資料的電子郵件，不要回覆。
* 不要使用您的電子郵件地址，當作登錄 ID 或密碼。

資深副總裁
Clownshoes 執行長　敬上

---

* subject〔ˋsʌbdʒɪkt〕*n.* 主題；科目　　message〔ˋmɛsɪdʒ〕*n.* 訊息
e-mail〔ˋiˏmel〕*n.* 電子郵件　　security〔sɪˋkjʊrətɪ〕*n.* 安全
recipient〔rɪˋsɪpɪənt〕*n.* 接受者　　valued〔ˋvæljʊd〕*adj.* 貴重的；重要的
customer〔ˋkʌstəmɚ〕*n.* 顧客；客戶　　inform〔ɪnˋfɔrm〕*v.* 通知
vendor〔ˋvɛndɚ〕*n.* 販賣者
unauthorized〔ʌnˋɔθəˏraɪzd〕*adj.* 未經授權的；未經許可的
access〔ˋæksɛs〕*v.* 取得；利用　　file〔faɪl〕*n.* 檔案；文件夾

include〔ɪn'klud〕v. 包括　　address〔ə'drɛs〕n. 地址
investigate〔ɪn'vɛstə,get〕v. 調查　　confident〔'kɑnfədənt〕adj. 有信心的
information〔,ɪnfə'meʃən〕n. 資料；訊息
retrieve〔rɪ'triv〕v. 取回；尋回　　account〔ə'kaʊnt〕n. 帳戶
financial〔fə'nænʃəl, faɪ-〕adj. 財務的；金融的
apologize〔ə'pɑlə,dʒaɪz〕v. 道歉　　cause〔kɔz〕v. 引起…；帶來…
inconvenience〔,ɪnkən'vinjəns〕n. 不便；麻煩
remind〔rɪ'maɪnd〕v. 提醒　　personal〔'pɝsn̩l〕adj. 個人的；私人的
login〔,lɔg'ɪn〕n. 登入　　credential〔krɪ'dɛnʃəl〕n. 資格證明；身分證明
cautious〔'kɔʃəs〕adj. 小心的；謹慎的　　receive〔rɪ'siv〕v. 收到；接受
lookout〔'lʊk,aʊt〕n. 注意；警戒　　*on the lookout for* 警戒
unwanted〔ʌn'wɑntɪd〕adj. 多餘的；不必要的
spam〔spæm〕n. 垃圾郵件　　practice〔'præktɪs〕n. 做法
request〔rɪ'kwɛst〕v. 要求；請求　　reminder〔rɪ'maɪndɚ〕n. 提醒者
recommend〔,rɛkə'mɛnd〕v. 建議；勸告　　respond〔rɪ'spɑnd〕v. 回答
require〔rɪ'kwaɪr〕v. 要求　　enter〔'ɛntɚ〕v. 進入；登入
directly〔də'rɛktlɪ〕adv. 直接地　　threaten〔'θrɛtn̩〕v. 威脅
immediate〔ɪ'midɪɪt〕adj. 即時的；立即的
action〔'ækʃən〕n. 行動；動作　　*take action* 採取行動
provide〔prə'vaɪd〕v. 提供；供應
reply〔rɪ'plaɪ〕v. 回答；回覆　　ID〔'aɪ'di〕n. 身分證（= *identity*）
password〔'pæs,wɝd〕n. 密碼　　sincerely〔sɪn'sɪrlɪ〕adv. 誠摯地；敬上
senior〔'sinjɚ〕adj. 年長的；資深的　　vice〔vaɪs〕prep. 副的
president〔'prɛzədənt〕n. 總裁　　chief〔tʃif〕adj. 主要的
executive〔ɪg'zɛkjʊtɪv〕adj. 執行的；行政的
officer〔'ɔfəsɚ〕n. 幹部；官員　　*chief executive officer* 執行長

31.(**C**) 這封電子郵件的主因是什麼？

(A) 恐嚇客戶關閉帳戶。　　　　　(B) 挑戰網路安全的想法。

(C) 告知客戶電子郵件的安全問題。

(D) 做無謂之功時要小心謹慎。

* frighten〔'fraɪtn̩〕v. 使害怕；恐嚇　　challenge〔'tʃælɪndʒ〕n. 挑戰
Internet〔'ɪntɚ,nɛt〕n. 網際網路　　exercise〔'ɛksɚ,saɪz〕v. 運用
caution〔'kɔʃən〕n. 謹慎　　spit〔spɪt〕v. 吐口水
spit into the wind 在風中吐口水；做無謂之功；浪費時間

32. (**A**) 在 GammaBeta 發生什麼事？

(A) <u>有人取得包含客戶資料的檔案。</u>

(B) 所有客戶的財務訊息都被賣給一個陌生人。

(C) 幾個客戶被控詐欺。

(D) Clownshoes 對任何不便致歉。

* accuse〔ə'kjuz〕*v.* 控告　　fraud〔frɔd〕*n.* 詐欺；欺騙

33. (**C**) Clownshoes 銀行建議做什麼？

(A) 回覆威脅關閉您帳戶的電子郵件。

(B) 提供登錄 ID 和密碼。

(C) <u>不要使用您的電子郵件地址當作登錄 ID 或密碼。</u>

(D) 立即採取行動對抗 GammaBeta。

* against〔ə'gɛnst〕*prep.* 反對；反抗

第 34 至 36 題

　　週一在明尼蘇達州，數十起大火繼續失控燃燒，官員描述這是史無前例的情況，完全沒有很快就會減弱的跡象。

　　「明尼蘇達森林管理局」發言人，馬丁・旺克，週一在聖保羅以西的默克爾，該局的「事件指揮中心」接受電話採訪表示：「我們在明尼蘇達州，以前從未經歷過這些情況。」

　　旺克說，森林管理局被要求幫忙救火，野火總計大約有 70 萬英畝。官員表示，該州東北部有 31 起火災正在搶救中，另有 11 起在明尼蘇達州南部。中部地區森林管理局的發言人，莉雅・史慕說：「我們已經連續 19 天，天氣超級乾燥，而相對濕度只有個位數，我們現在所見的是典型春天的風，但<u>其他一切是典型的夏末——沒有雨水和草木，只是超級乾燥。當你結合這兩者時，就會發生災難。」</u>

* dozen〔'dʌzn̩〕*n.* 打；十二（個）　　***dozens of*** 幾十

continue〔kən'tɪnju〕*v.* 繼續　　***out of control*** 失控

Minnesota〔,mɪnɪ'sotə〕*n.* 明尼蘇達州【美國中北部的一州】

official〔əˋfɪʃəl〕n. 官員；公務員　　describe〔dɪˋskraɪb〕v. 描述；形容
unprecedented〔ʌnˋprɛsə͵dɛntɪd〕adj. 無先例的；前所未聞的
condition〔kənˋdɪʃən〕n. 狀況；狀態　　sign〔saɪn〕n. 跡象；徵兆
abate〔əˋbet〕v. 減弱；緩和　　spokesman〔ˋspoksmən〕n. 發言人
forest〔ˋfɔrɪst〕n. 森林　　service〔ˋsɝvɪs〕n. 服務；（政府的）局；處
interview〔ˋɪntɚ͵vju〕n. 探訪；訪問　　incident〔ˋɪnsəsənt〕n. 事件
command〔kəˋmænd〕n. 命令；指揮　　center〔ˋsɛntɚ〕n. 中心
in all 全部；總計　　battle〔ˋbætl〕v. 與～戰鬥
wildfire〔ˋwaɪld͵faɪr〕n. 野火　　cover〔ˋkʌvɚ〕v. 遮蔽；涵蓋
acre〔ˋekɚ〕n. 英畝　　fight〔faɪt〕v. 戰鬥；救（火）
northeast〔͵nɔrθˋist〕n. 東北部　　state〔stet〕n. 州
southern〔ˋsʌðɚn〕adj. 南方的　　consecutive〔kənˋsɛkjətɪv〕adj. 連續的
super-dry 超級乾燥的　　relative〔ˋrɛlətɪv〕adj. 相對的
humidity〔hjuˋmɪdətɪ〕n. 濕度　　digit〔ˋdɪdʒɪt〕n. 阿拉伯數字
single digit 個位數　　spokeswoman〔ˋspoks͵wumən〕n. 女發言人
Midland〔ˋmɪdlənd〕n.（美國）中部地區　　typical〔ˋtɪpɪkl〕adj. 典型的
vegetation〔͵vɛdʒəˋteʃən〕n. 草木；植物【集合名詞】
combine〔kəmˋbaɪn〕v. 結合　　disaster〔dɪzˋæstɚ〕n. 災難

34.(**B**) 這篇文章的好標題是什麼？
(A) 夏末乾旱使明尼蘇達州的農田枯死
(B) 明尼蘇達州的野火肆虐失控
(C) 官員重視災害預防
(D) 森林管理局預測平均的火災季節
* title〔ˋtaɪtl〕n. 標題　　article〔ˋɑrtɪkl〕n. 文章
choke〔tʃok〕v. 使…枯死；使…窒息
farmland〔ˋfɑrm͵lænd〕n. 農地
rage〔redʒ〕v. 肆虐；猖獗　　stress〔strɛs〕v. 強調；重視
prevention〔prɪˋvɛnʃən〕n. 防止；預防
predict〔prɪˋdɪkt〕v. 預測　　average〔ˋævərɪdʒ〕adj. 平均的

35.(**C**) 明尼蘇達州正在搶救多少起火災？
(A) 19 起。　　　　　　　(B) 31 起。
(C) 42 起。　　　　　　　(D) 700,000 起。

36. (**B**) "everything else" 這個片語指的是什麼？
　　　(A) 連續的日子。　　　　　(B) 天氣狀況。
　　　(C) 明尼蘇達州。　　　　　(D) 野火。

　　* phrase〔frez〕*n.* 片語；慣用語　　***refer to*** 指

第 37 至 40 題

重要通知！

　　這是要提醒父母、監護人和學生，隨著冬天接近，感冒和流感季節也是。冬天生病導致學生缺課，而爲了要照顧小孩，父母工作也缺席。缺席也給老師增加了額外的負擔，因爲他們要花更多的時間補課和補考。這是一個沒有人想要的情況。然而有些事情是我們可以做的。我們大家都可以採取必要的預防措施，去避免傳播感染，像是經常洗手，還有根據氣候，適當地穿衣服。阻止傳播感冒和流感的最佳方法之一，就是當你生病時留在家裡。這適用於學生和家長。同時，如果學生在上學期間開始出現感染症狀，他們會立即被送到健康中心，在那裡他們的狀況會被評估。

　　讓我們共同努力，讓這個感冒和流感季節盡可能無事。

阿奇・邦克校長

---

* notice〔'notɪs〕*n.* 通知　　　reminder〔rɪ'maɪndɚ〕*n.* 提醒人的事、物
guardian〔'gɑrdɪən〕*n.* 守護者；監護人　　approach〔ə'protʃ〕*v.* 接近
cold〔kold〕*n.* 感冒　　　flu〔flu〕*n.* 流感（= *influenza*）
season〔'sizn〕*n.* 季節　　result〔rɪ'zʌlt〕*n.* 結果
result in 導致（= *lead to*）　　missed〔mɪst〕*adj.* 錯過的
care for 照顧（= *take care of*）　　absenteeism〔ˌæbsn̩'tiɪzəm〕*n.* 缺席
additional〔ə'dɪʃənl̩〕*adj.* 額外的　　burden〔'bɝdn̩〕*n.* 負擔
make up 彌補　　situation〔ˌsɪtʃu'eʃən〕*n.* 情況；情形
necessary〔'nɛsəˌsɛrɪ〕*adj.* 必要的　　precaution〔prɪ'kɔʃən〕*n.* 預防措施
take precautions 採取預防措施　　avoid〔ə'vɔɪd〕*v.* 避免

spread〔sprɛd〕v., n. 散播；蔓延　　infection〔ɪn'fɛkʃən〕n. 感染

frequently〔'frikwəntlɪ〕adv. 經常地　　dress〔drɛs〕v. 穿衣

appropriately〔ə'proprɪɪtlɪ〕adv. 適當地　　***go for*** 對…適用

meanwhile〔'min,hwaɪl〕adv. 同時　　exhibit〔ɪg'zɪbɪt〕v. 展現

symptom〔'sɪmptəm〕n. 症狀　　immediately〔ɪ'midɪɪtlɪ〕adv. 立刻

Health Care Center 健康中心　　evaluate〔ɪ'vælju,et〕v. 評估

painless〔'penlɪs〕adj. 無痛的；無麻煩的　　principal〔'prɪnsəpḷ〕n. 校長

37. (**C**) 這則通知的目的為何？

　　(A) 宣布一項新的服裝規定政策。

　　(B) 警告家長學生缺席的事情。

　　(C) 提醒家長和學生公共衛生的議題。

　　(D) 要求家長的許可。

　　* ***dress code*** 服裝規定　　policy〔'pɑləsɪ〕n. 政策

　　　warn〔wɔrn〕v. 警告　　remind〔rɪ'maɪnd〕v. 提醒

　　　public health 公共衛生　　issue〔'ɪʃu〕n. 議題

　　　permission〔pə'mɪʃən〕n. 許可

38. (**B**) 根據這則通知，如果一名學生在上學時，表現出感冒或流感的症狀，會發生什麼事情？

　　(A) 邦克校長會打電話給家長。　　(B) 他會被送到健康中心。

　　(C) 有罪的學生會付小額罰款。　　(D) 課會被取消。

　　* guilty〔'gɪltɪ〕adj. 有罪的　　penalty〔'pɛnḷtɪ〕n. 罰款

　　　cancel〔'kænsḷ〕v. 取消

39. (**D**) 下列何者邦克校長沒有建議？

　　(A) 經常洗手。　　　　　　　　(B) 如果你生病就待在家裡。

　　(C) 根據天氣來穿衣服。　　　　(D) 更多的補課和補考。

　　* recommend〔,rɛkə'mɛnd〕v. 建議

40. (**D**) 下列何者不是感冒和流感季節的結果？

　　(A) 學生缺課。　　　　　　　　(B) 家長工作缺席。

　　(C) 老師有更多工作。　　　　　(D) 考試成績進步。

　　* score〔skor〕n. 成績；分數　　improve〔ɪm'pruv〕v. 進步

新中檢初試測驗② 教師手冊
INTERMEDIATE LEVEL
Listening & Reading Test

售價：280 元

主　　編／蔡　琇　瑩
發　行　所／學習出版有限公司　　　☎ (02) 2704-5525
郵　撥　帳　號／05127272 學習出版社帳戶
登　記　證／局版台業 2179 號
印　刷　所／文聯彩色印刷有限公司
台　北　門　市／台北市許昌街 10 號 2F　　☎ (02) 2331-4060
台灣總經銷／紅螞蟻圖書有限公司　　☎ (02) 2795-3656
本公司網址／www.learnbook.com.tw
電　子　郵　件／learnbook@learnbook.com.tw

2019 年 9 月 1 日初版

4713269383352